CONTENTS

01

『세계의 근간과 수없는 윤회를 뛰어 넘어

나오 장착 너와 민년의

NAME

이치노세 유우

DATA

나노 머신 적성이 뛰어나 국가 프로
젝트의 소년 종사자로서 국방군 관
할 나노테크놀로지 연구소에 징용
되었다. 과거의 히어로로, 아수라프레
임 '장착자 3호'의 조종사로서 선택
받게 된다.

『당신의 이름을 알려다오.

나와 운명을 함께 할 자의 이름을.

GateGateParagate
Parasamgate
Bodhisvaha...

NAME

아인

DATA

국방군 시설 내에 있는 장기수면 포드에
서 잠들어있던 클론 엘프 소녀. 3호 프
레임 각성의 열쇠를 쥐고 있으며, 유우
를 잘 따른다.

GateGateParagate
amgate
vaha...

아마도 우연이 아니라 필연으로서──

「······2」뭐라 하려나.

NAME

토도 클로에

DATA

아리야의 어머니. 국방군 엑소프레임 장비 연구소의 특별고문.

『a형 엑소프레임과 장착자 3호 말이지!

프리미엄판 피규어 갖고 있어.

나 한정판매한

NAME

이쥬인 타카마루

DATA

유우와 마찬가지로 나노 머신 적성 결과 중학생이면서도 연구소에 징용되었다. 풍채가 좋고 스포츠 전반을 못 한다. 아리야에게선 유우와 합쳐 요철 콤비 선배라 불리고 있다.

아수라프레임

01

a형 엑소프레임(Exo-Frame type:Asura)의 통칭. 개인용 강화외골격이자 인류의 희망으로 불리는 결전 병기. 그 잠재력은 위험도 S+의 크리처 집단도 괴멸시킬 수 있을 정도. 1호부터 12호까지 제조되어 세계 각국에 배치되었다.

장착자 3호

02

아수라프레임 3호기의 전임운용자. 양산형 엑소프레임과 달리, 12체의 아수라는《선택받은 자》에 의해서만 진정한 힘을 발현할 수 있다――는 개발자들의 설명을 수용한 일본 정부와 방위성이 국방군에서 선발했다. 매스미디어에 노출도 많고 국민적인 인기를 자랑하는 히어로.

크리처와 전이 거점《포털》

03

지구가 이세계와 이어지며 이세계의 생물이 침입하기 시작한 지 수십 년이 지났다. 위험한 괴물들은 지구의 각지를 덮쳤는데, 그들은 크리처라고 불리며 일반 시민에게도 널리 알려져 있다. 또 몇 년 전부터 적의 전이 거점《포털》도 출현하기 시작했다. 대량의 크리처를 한꺼번에 보낼 수 있는 전이 게이트이자 요새. 이세계군을 이끄는 '대마법사'가 게이트의 주인으로 군림한다.

망명 엘프와 현자들

04

이세계에서 망명해온 엘프족. 귀가 길고 미모가 뛰어나며 총명하다. 지구로 망명해온 자들은 엘프족 중에서도 특히 천재적인 두뇌를 지닌 그룹이었던 건지 '현자'라는 칭호를 댔다. 그들은 지구 인류의 과학을 배워 고작 수십 년 만에 많은 기술 혁신을 불러왔다. 12체의 아수라프레임은 망명 엘프의 지혜로 개발된 것이다.

표지·본문 일러스트 ◇ 시라비

대마법사

05

이세계의 전이문《포털》을 담당하는 적군의 사령관들. 그 마력은 날씨를 조종하고 지진·홍수를 일으킬 정도로 어마어마하다. 요정족의 일부. 망명 엘프들은 '선택받은 달바의 종족'이라고도 부른다. 모습은 엘프보다 더 '인간'과 흡사하다고 한다.

202X년의 봄, 아직 도쿄의 본가에서 살던 시절.

이치노세 유우는 새 교복—— 검은색 스탠딩 칼라 교복을 입어보았다.

사이즈는 문제없었다. 하지만 유우는 부루퉁한 얼굴이었다. 모처럼 중학교 2학년이 되는데…….

"국가 프로젝트라고 해도 왜 내가 전학 가야 하는 거야."

"에이, 좋은 곳이잖아! 유우가 가는 곳은 엘프 선생님이나 엘프 학생도 다니는 곳인걸! 인터넷 안 봤어?"

당시 17살이었던 누나, 사키는 진심으로 부럽다는 듯 말했다.

유우는 도쿄도 북구에 있는 자택의 거실에서 눈썹을 확 찡그렸다.

"그거 진짜야? 엘프는 보호구역 같은 곳에서 조용히 살잖아?"

"그러니까, 유우가 전학 가는 곳도 그중 하나라고. 좋겠다. 엘프는 다들 엄청 예쁘고 머리도 똑똑하고 행실도 좋대. 나도 그렇게 되고 싶어!"

지적 생명체가 '인간'뿐이었던 시대도 이제는 먼 옛날——.

30년쯤 전에 프랑스 남부에서 기묘한 생물, '고블린'이 포획되었다.

특징은 말 그대로 못된 난쟁이. 어린아이와 비슷한 몸집과 키를 지녔으며 추하고 흉포했다. 지능은 낮다. 유럽의 전승을 따라 고블린이라는 이름이 붙었다.

20세기 말에 일어난 대형 사건이었다는 모양이다.

그 후로도 계속해서 포획·공개가 이어졌다.

'눈이 하나뿐인 거인' 키클롭스. '몸집이 크고 사나운 요정' 트롤. 게다가 '용', 드래곤의 유생체까지.

엘프족의 망명과 이민은 21세기 초에 일어난 일이다.

소위 '이세계'는 마력을 지닌 지배층이 절대자로 군림하는 듯했고, 그것에 질린 '엘프족' 6,000명이 지구로 망명하고자 차원의 벽을 넘어왔다.

유우는 누나의 말을 믿지 않았다.

하지만 '국가 프로젝트에 봉사하는 소년 종사자를 위한 교육기관'에 전학 간 후, 갑작스러운 만남이 생겼다.

"잘 부탁드립니다, 선배. 토도 아리야, 중학교 1학년이에요. 보면 아시겠지만 귀가 긴 것은 엄마가 엘프라서 그렇고요. 아버지는 일본인인 토도 씨예요. 잘 부탁드립니다."

"정말 있었구나……."

"우리 엄마는 이 연구소의 특별고문이에요. 나중에 소개할게요."

천연덕스럽게 말하는 하급생은 눈이 휘둥그레질 정도로 미소녀였고, 귀 끝이 뾰족했다.

하얀색 바탕에 파란색이 어우러진 세일러복도 아담한 아리야에게 잘 어울렸다. 하얀 베레모 아래쪽으로 보이는 고운 머리카락은 연한 황갈색이었다.

"그런데 지금 연구소라고 했어? 학교가 아니라?"

"기껏해야 교실만 한 규모예요. 솔직히 적성이 있는 어린애는 별로 없거든요…… . 그리고 물어보기 전에 미리 말하자면 아리야도 엄마도 마법은 쓰지 못하니까 양해해주세요."

"아. 여기에 **정착**하게 되면 마법의 힘이 사라진다고 하던가?"

"네. 바로 그거예요."

새 친구도 생겼다. 같은 나이인 이쥬인 타카마루다.

"잘 모르겠지만 우리는 나노 머신 적성이 높아서 선발되었다나 봐."

"그러고 보면 우리, 이런저런 실험을 받았지. 군사기지에 가서."

유우가 말하자 이쥬인은 즉시 말을 쏟아놓았다.

"적── 저쪽 세계의 크리처가 계속 이쪽에 오니까 말이야. 차세대 나노테크놀로지를 빨리 확립시켜서 착착 실전에 투입해 나간다는 계획 같아!"

"하지만 예의 '3호'가 대활약하고 있잖아. 서두르지 않아도 괜찮을 텐데."

유우는 화제의 신병기와 전임운용자에 대해 떠올렸다.

"그 변신 히어로 같은 사람. 뭐시기프레임 3호."

"a형 엑소프레임과 장착자 3호 말이지! 나 한정판매한 프리미엄판 피규어 갖고 있어. 풀아머 장갑이 달려있어서 완성도가 아주 뛰어나. 그리고 우리 반은 다음에 요코타 기지에 간다고 하는데. 거기에서 본인을 만날 수 있대."

"3호 본인을? 우와. 우리 누나랑 엄마가 팬인데."

틈만 나면 TV에서 소개해주기 때문인지, 이치노세 유우의 어머니와 누나는 국방군의 초병기와 '장착자'에게 완전히 빠져 있었다.

이쥬인은 절절히 고개를 끄덕였다.

"상큼한 미남이라 어머니들 사이에서 대단한 인기래. ……아, 하지만 아리야 후배가 만난 적 있다던데. 짜증 나는 인간이라는 것처럼 말했어."

"진짜? TV에선 '울트라 호청년!'이라는 느낌이었는데!"

적은 게릴라적으로 출현하여 지구 침공을 반복하고 있다.

세계 각국과 '이 세상의 존재가 아닌 괴물들', 즉 크리처와의 싸움이 장기화하는 가운데 망명 엘프 현자들은 수많은 과학 분야에서 성과를 올리고 오버 테크놀로지를 확립시켰다.

한편 각지의 전장에서는 열세가 두드러지고 있었다.

아무리 인류와 엘프의 지혜를 집결시킨다고 해도 적은 훨씬 무시무시한 힘—— '마법'을 행사하기 때문이었다.

서력 202X년.

이 해, 중학생 이치노세 유우는 국가 프로젝트의 소년 종사자로서 국방군 관할의 나노테크놀로지 연구소에 **배속**되었다.

그리고 6월, 일본이 놓인 상황은 지극히 가혹해진다.

적—— 이세계의 '대마법사'에 의한 광범위 주문 《어스 퀘이크》와 《델류지 디재스터》로 인해 도쿄도에 직하형 지진과 미증유의 대수해가 덮쳤기 때문이다.

도시 대부분의 지반이 침하하고 수몰. 수도의 기능을 상실했다.

게다가 중부 및 칸사이 지방이 적의 세력권에 넘어가고──.

같은 에어리어 내 2개 곳에 적의 침공거점《포털》이 배치되었다.

큐슈, 후쿠오카로 도망친 임시정부는 '대후퇴' 권고를 발령.

일본 내의 모든 국민에게 위험 지역에서 **자주적**으로 피난할 것을 촉구했다…….

×　　×　　×　　×

12월. 격동의 202X년도 끝이 보였다.

지금 교토 에어리어의 북쪽 끝, 마이즈루시에서── 마이즈루 만이 불타고 있었다.

바다에 뜬 두 척의 호위함이 둘 다 매서운 불꽃에 휩싸여 침몰하기 직전이었다.

형세는 현저하게 불리했다. 일본을 방위하는 실력파 조직·국방군의 호위함대(의 잔존부대)가 말 그대로 괴멸해가고 있었다.

유우와 이쥬인은 그 광경을 바닷가의 육지에서 지켜보고 있었다.

"처음부터 자포자기 닥돌에 가까운 패자부활전이었으니 말이야……."

바로 옆에서 이쥬인이 중얼거렸다.

퉁퉁하게 살이 찐 14살 남자. 검은 스탠딩 칼라 교복을 입고 있다.

"정부가 전국에 '대후퇴'를 권고하고 국방군 함대랑 민간 배가 척척 도망친 뒤잖아. 수리 중이라서 그대로 뒀던 두 척으로 맞서봤자──."

"승산이 없을 만도 하지……."

예상했던 전개. 유우도 담담히 고개를 끄덕였다.

이치노세 유우, 14살. 이쪽도 이쥬인과 마찬가지로 검은 스탠딩 칼라 교복을 입었다. 둘 다 예전 같으면 중학교 2학년이었다.

하지만 그들은 자동소총을 들고 있었다.

89식 소총. 모델건이 아니라 진짜 총이다. 권총과는 달리 총신이 길고, 전체 합쳐서 40cm가 넘어간다.

무게도 3.5kg으로 꽤 무겁다(이런 총기 중에서는 가벼운 부류라고 하지만).

"이런 걸 들려줘봤자 우리는 절대 도움이 안 될 텐데."

"그러게 말이야."

이쥬인의 중얼거림에 유우는 절실히 동의했다.

사격 훈련은 손에 꼽을 정도로밖에 하지 않았다. 유우는 아직 몸도 비실비실하고, 이쥬인은 살집이 통통한데다 스포츠를 싫어한다. 이런 일에는 전혀 어울리지 않는 인재였다.

참고로──.

유우와 이쥬인은 마이즈루 항구에 인접한 학교의 넓은 교정에 있다. 국방해군과 관련이 있는 학교인 모양이었다. 그 외에도 비전투원인 국방관이 몇 명 있는데, 불안해하는 얼굴이었다.

"드디어 우리도 끝장인가……."

"아직이야, 이쥬인. **늘 오던 타임아웃**이 오면 살아남을 가능성은 아직 있어."

유우는 시무룩해진 파트너를 격려했다.

고개를 들어 올려다보자 마이즈루만의 상공에 흔들흔들 반짝이는 오로라가 나타나 있었다. 녹색 빛이 무시무시하게 길고 큰 커튼처럼 흔들리고 있다.

일본 칸사이 지방에서는 일어날 리가 없는 자연현상.

이 수상한 하늘에 적의 성채형 침공거점 《포털》이 떠 있었다.

——하늘에 몹시 거대한 바윗덩어리가 중력을 무시한 채 떠 있다.

——거대한 돌 위에는 성채로 둘러싸인 '성'이 세워져 있었다. 고대나 중세의 검·갑주 등으로 무장한 병사들에게 아주 잘 어울리는 중후함이었다.

호위함 '묘코'에서 천공의 성을 향해 대공 미사일을 발사했다.

미사일은 불꽃을 분출하면서 날아갔다. 하지만 목표에 명중하기도 전에 갑자기 속도를 잃고 포물선을 그리며 바다에 떨어져서—— 수몰. 폭발도 일어나지 않았다.

"역시 안 통하는구나……."

"지금 저건 마법이야. 분명히!"

유우는 낙담했고, 이쥬인은 소리쳤다.

그러자—— 체내에 있는 나노 인자가 두 사람에게 보내는 메시지를 받았다. 발신자는 더 후방에 있을 토도 아리야. 유우의 동료 중 유일한 여자다.

　남자 둘의 청각에 아리야의 '목소리'가 직접 전해졌다.

　『이쪽의 나노 머신이 마법――《프로텍션 프롬 미사일》을 감지했습니다. 화살이나 돌팔매질로 날아오는 돌 등을 막는 마법 같아요. 천공의 성에 있는 마법사가 마법을 걸었나 봐요.』

　"화살도 미사일도 같은 걸로 분류하고 막는 거냐! 날림설정이지만 대단한데!"

　"으음. 마법은 진짜 반칙이란 말이지……."

　나노 인자에 의한 정보연결.

　쌍방 승인한 이식자들 사이에선 나노 인자의 공명 현상을 이용해 음성 채팅처럼 교신할 수 있다. 유효거리는 약 15km 정도. 휴대전화와도 무선과도 다른 첨단기술에 최근에서야 간신히 익숙해졌다.

　……이러는 사이에도 마이즈루만의 전투는 계속되고 있다.

　항공 모형 호위함 '이즈모'에서 이륙한―― 함재 스텔스 전투기.

　천공의 성《포털》에 25mm 기관포와 공대공 미사일 두 발을 한꺼번에 사출. 하지만 이것도 비행물을 봉쇄하는 마법에 의해 가로막혔다.

　모든 탄환은 성에 도달하지 못하고 허무하게 바다로 떨어졌다. 심지어.

　"어? 전투기까지 추락하는데?!"

　"딱히 공격받지도 않았지?!"

놀라는 이쥬인. 자신의 눈을 의심하는 유우. 그때 아리야의 메시지가 날아왔다.

『사람을 갑자기 재우는──《슬립》마법 확인. 파일럿을 재워서 기체를 제어할 수 없게 만든 거겠죠…….』

반대로 바다 위의 호위함은 두 척 다 공격을 받고 있었다.

아군인 국방해군 소속의 초계 헬리콥터 3대로부터──. 헬리콥터들은 호위함 두 척을 에워싸고 7.62mm 기관총을 퍼부었다.

호위함의 상갑판에 포탄이 비처럼 쏟아졌다.

사실 헬리콥터 부대는 이미 대함 미사일도 두 척의 배에 한 발씩 명중시켜서 막대한 데미지를 준 상태였다.

아리야로부터 날아온 메시지가 알려주었다.

『저쪽은《브레인 워시》. 조종석에 있는 파일럿에게 직접 마법을 걸어 마음대로 조종하고 있는 거예요…….』

"으윽. 왜 그렇게 비겁한 마법만 쓰는 거야!"

이쥬인이 분노에 몸을 맡겨 소리쳤다.

"일본의 만화나 애니에선 마법사는 더 화려하고 노골적인 공격 마법을 사용한다고!"

"이기기 위한 전술이라는 거겠지……."

격양한 친구와 달리 유우는 작게 중얼거렸다.

그리고 천공의 성《포털》에 변화가 일어났다.

성채의 일각에 설치되어 있던── 거대한 성문이 열렸다. '마법의 문'이라고 한다. 문 너머는 어두운 심연 상태로, 어둠으로 가득했다.

그 어둠 깊은 곳에서 **드래곤**이 뛰쳐나왔다!

도마뱀, 악어, 뱀, 공룡 등. 어떠한 파충류와도 닮았으면서 그것과는 전혀 다른 '용'이라는 존재.

용은 박쥐 같은 두 날개를 펄럭이며 시속 70km가 넘는 속도로 날았다.

전신을 덮는 비늘은 붉다. 용 중에서도 특히 파괴를 즐긴다는 레드 드래곤의 증거. 몸길이는 대략 30m 정도일까.

『이쥬인 선배가 화려한 공격 같은 이야기를 해서 그래요.』

"나, 나 때문이 아니야. 진짜로!"

아리야와 이쥬인이 언쟁하는 소리를 배경으로——.

크게 벌린 드래곤의 입에서 홍련의 불꽃이 뿜어져 나왔다.

드래곤이 불꽃 브레스를 뱉으면서 날아갔다. 만신창이인 호위함 '이즈모'와 '묘코'가 가장 먼저 화염에 휩싸여 바다 위의 캠프파이어가 되었다.

용의 불꽃은 평범한 불이 아니다.

한번 불이 붙으면 표적을 전부 태울 때까지 계속 타오른다.

심지어 전투기 엔진의 사출열도 버틸 수 있는 '이즈모'의 갑판조차 흐물흐물 녹아버릴 정도로 어마어마한 고열이었다.

레드 드래곤은 그 무시무시한 마성의 불꽃을 한층 더 뱉어냈다.

그리고 마이즈루만 연안—— 국방 해군기지와 항공기지를 단숨에 태워버렸다.

물론 하늘을 나는 드래곤을 향해 대공 포격도 이뤄졌다.

하지만 날개를 지닌 거대한 짐승은 몹시 민첩하게 날아다니며 포탄 사이를 가르고 기지를 무력화시키고 말았다. 거대한 체격을 빼고 생각하면 제비나 울새 등 민첩한 새와 비슷했다.

고속이동을 반복하는 표적을 향해 사격해봤자 그리 쉽게 격추할 수는 없는 법이다──.

×　　×　　×　　×

어린아이라도 불리하다는 걸 알 수 있는 전황.

마이즈루에 남은 국방군의 잔존전력도 그건 알고 있었다. 어차피 자신들은 육해공 각 부대에서 '버려진' 병력을 긁어모은 것에 불과하다.

하지만 작은 가능성에 거는 사람들도 있었다.

"3호 프레임, 아직 기동할 수 없습니다!"

"젠장! 복제한 각성 신호는 수신했지?! 그럼 장착자를 바꿔! 다음 후보자로 교대해! 서둘러!"

오퍼레이터의 보고에 작전책임자가 크게 소리쳤다.

계급은 대령. 초로의 그는 '문제의 병기'에 험악한 눈빛을 보내고 있었다. 흐린 하늘 아래 트레일러의 짐칸 위에서 잠자코 누워있는 '인간형 전투 기계'에.

매트 블랙의 특수장갑으로 머리부터 발끝까지 덮여있다.

하지만 전부 검은색만은 아니고, 여기저기 금으로 포인트가 들어가 있었다.

애니메이션에서 활약하는 전투 로봇과 비슷하게 생긴 병기.

단, 탑승하는 것이 아니라 '장착'해서 운용한다――.

"3호 프레임만 각성한다면 위성시스템의 지원과 5만기의 드로이드 부대도 부활한다! 어떻게든 깨워!"

반복되는 기동 테스트, 실패, 지휘관의 격앙. 시간만이 흘러간다.

×　　×　　×　　×

다시 마이즈루만.

국방군의 기지를 덮은 화염은 하늘마저 태워버릴 정도로 타올랐다.

하지만 불을 끌 새도 없이 지상전이 시작되었다.

복잡한 선을 그리는 마이즈루만의 해안선을 따라 여러 곳에 지상부대가 배치되어 있었다. 그들 앞에 갑자기 크리처 무리가 출현한 것이다.

그렇다. 아무런 전조도 없이, 홀연히, 거품처럼 솟아났다――.

이것도 마법. 적 바로 앞에 휘하의 몬스터를 소환하는 힘이다. 출격을 명받은 자들은 '움직이는 시체 집단'이었다.

지구의 인류에게는 좀비라는 이름으로 친숙한 괴물.

죽은 뒤에도 느릿느릿 배회하는 인간의 시체. 살아있는 자의 피와 살을 갈구하며 공격한다. 목이나 심장에 치명적인 일격을 가할 때까지는 아무리 다쳐도 움직임을 멈추지 않는다…….

수백 구의 좀비는 '지구산'인 것 같았다.

다들 평범한 복장이었다. 근처 체인점에서 팔고 있을 법한 옷들이었다.

이런 괴물들이 갑자기 눈앞에 나타나 꿈질꿈질 움직이면서 일제히 덤벼들었다.

적과 아군, 인간과 좀비가 뒤엉키는 가운데——.

지상부대의 병사들은 필사적으로 총을 쏘았다. 칼을 찔렀다. 움직이는 시체의 살점이 터지고, 피보라가 뿜어져 나왔다. 이런 상황에선 야전포병도 유탄포에서 떨어질 수밖에 없다. 89식 소총을 들고 아군을 도우러 달려 나갔다.

참으로 처참한 지상의 전투——.

그러는 와중에도 드래곤은 하늘 위를 날아다니며 화염 브레스를 쏟아내고 있었다.

정박한 배를 한꺼번에 태워버리기 위해. 지상은 신경 쓰지 않을 생각인 모양이었다. 하지만 대신 새로운 크리처가 나타났다.

철로 된 갑주를 입은—— 키 3m 전후의 트롤 병사들.

근육이 꽉꽉 들어찬 몸에다 얼굴은 멧돼지와 비슷했다. 코는 길고 아랫입술 안쪽에서 두 개의 어금니가 튀어나와 있었다.

수십 명의 트롤 병사는 커다란 검이며 전투 도끼, 곤봉을 휘둘렀다.

빈약한 인간쯤은 무기를 한 번 휘두를 때마다 한꺼번에 여러 명씩 날아갔다. 목이나 팔다리가 뜯겨나가 뼈까지 종잇장처럼 뭉개졌다.

총알은—— 트롤 병사에겐 닿지 않는다.

이래 봬도 트롤족도 요정에 속한다. 마법에 능하다. 자기 자신에게 《프로텍션 프롬 미사일》을 걸고 충격을 막았다. 하지만 천공의 성을 지키는 마법처럼 강력하진 않다. 혼전 속에서 마침내 로켓 런처가 트롤을 노리고 가까운 거리에서 맹공을 퍼부었다. 추한 요정의 거구가 날아갔다.

이로써 인간의 사기가 올라가──기 전에, 새 마법이 시전되었다.

트롤 중 하나가 런처의 포탄을 향해 《불의 정령》을 부추겼다. 화약에 깃든 불의 정령이 활성화하자 즉시 폭발했다.

주위에 있던 국방군의 보병이 휘말리며 대치에 시체가 쌓여나갔다…….

총성과 비명, 고함과 노성, 피와 수많은 죽음이 즐비한 전장.

하지만 종막은 갑작스럽게 찾아왔다. 실컷 날뛰던 좀비와 트롤 병사들이── 별안간 사라졌기 때문이다.

나타났을 때와 마찬가지로 모든 괴물이 갑작스럽게 모습을 감췄다.

"어떻게든 '타임아웃'까지 버텼구나……."

유우는 하늘을 올려다보며 한숨을 흘렸다.

지금까지 일본 칸사이 지방에 나타날 리 없는 녹색 오로라가 하늘에서 흔들리고 있었다. 그게 갑자기 사라지고 쌀쌀한 겨울의 흐린 하늘로 돌아갔다.

그 수상한 천공의 성도 마치 신기루였던 것처럼 소멸했다.

오로라 발생은 적의 거점, 《포털》 출현의 신호. 이게 사라질 때 성에서 나온 크리처도 전부 사라진다.

환상처럼 사라지고 또 나타난다. 말 그대로 허공의 환영성──.

안도한 이쥬인이 외쳤다.

"또 1~2개월씩 머물러있는 게 아닌지 조마조마했네!"

『저쪽도 여기저기서 계속 싸우느라 대량으로 마력을 소모한 뒤입니다. **경계**를 넘어올 수 있는 시간을 오래 확보하지 못하는 모양이다── 라고 엄마가 그러네요. 하지만 정말, 앞으로 어떻게 되는 걸까요……?』

아리야의 메시지였다.

참고로 나노 인자가 활성화되면 유우도 이쥬인도 오른손 손바닥에 고리 모양의 빛이 나타난다.

유우는 그 손을 굳게 움켜쥔 뒤 얼굴을 들었다.

맞은편 기슭에 있는 국방군 기지는 어마어마한 기세로 타오르는 화염에 집어삼켜져 있었다.

고로가다케는 마이즈루시에서도 손에 꼽힐 만큼 높은 산이다.

해발 300m의 꼭대기는 한때 전망 타워까지 우뚝 서 있는 공원이었다. 현재는 국가가 접수하여 국방군 관련 시설로 바뀌었지만.

그런 장소이기 때문에 전망은 아주 좋았다.

지금도 10명 가까운 국방관이 멍하니 마이즈루만 방향을 응시하고 있었다.

아군부대의 붕괴와 타오르는 기지——. 모든 것을 다 보고 말 았으니 어쩔 수 없다. 연구 고문으로 동행했던 토도 클로에는 그들을 동정했다.

외동딸인 아리야도 어머니의 백의를 꽉 붙잡고 불안해하는 것 처럼 보였다.

"엄마. 아리야는 앞으로 어떻게 해야 하죠……?"

"먼저 산에서 내려가 살아남은 사람들과 합류해야지. 구조와 구명 활동, 그리고 당장 쓸 피난소를 준비해야 해."

전화(戰火)에도, 전장 옆에서 살아가는 것에도 익숙하다.

클로에는 담담하게 대답했다. 딸 아리야는 교복에 베레모를 쓰고 있다. 그 모자에서 뾰족한 귀 끄트머리가 튀어나와 있었 다. 주위의 인간보다 명백하게 길다. 클로에 본인의 귀는 그보 다 더 길었다.

토도 클로에. 20년도 더 전에 망명해온 엘프족 중 한 명이다.

일본인 남성과 결혼도 했다. 아리야는 종족과 세계의 경계를 넘어선 혼혈아다. 클로에는 불안해하는 딸을 데리고 한 사관에 게 말을 걸었다.

"대령님. 슬슬 가시죠."

"……박사. 역시 3호 프레임을 부활시켜야 한다. 이 광경을 또 반복할 수는 없어. 그렇게—— 생각하지 않나?"

국방공군 대령. 그런 직함을 지닌 초로의 인간 남성이었다.

이곳, 고로가다케에 있는 국방관은 대부분 기술 장관이다. 국 방군 엑소프레임 장비 연구소에 소속되어 연구와 기술개발에 종사하는 사람들. 클로에는 그 연구소의 고문이다.

기술 장관이 아닌 군인은 대령과 그의 부하뿐이었다.

"자네가 말했지? 장착자를 잃은 3호를……. 나노 기술을 응용하면 아직 유사 각성 상태로 만들 수 있는 가능성이 있다고."

확실히 클로에는 그렇게 말했다.

이미 '제2의 장착자'를 찾기보다는 그 가능성을 찾아야 한다고.

하지만 군대가 전멸한 직후인 지금 이곳에서 검토할 사항이 아니다. ……그렇게 생각했지만, 클로에는 그 의견을 입에 담지 않았다.

큰 패배의 충격 때문인지 대령의 눈이 번들거렸다.

평정을 잃었다. 제대로 대화할 수 있는 상태가 아닌 듯했다.

"알겠습니다. 그 건은 제가 진행하도록 하죠."

"부디 그렇게 해주게! 부탁한다!"

대령의 눈이 떨어진 틈을 타 클로에는 한숨을 쉬었다.

a형 엑소프레임 3호기. 간결하게 말하자면 강화 장갑 수트. 엑소스켈레톤으로 분류되는 결전 병기는 지금도 트레일러의 짐칸 위에 누워있다.

금색으로 빛나야 할 장갑이 검게 흐려진 채, 그저 허무하게——.

벌써 몇 달이나 기동하지 못했다. 인원·자재 모두 부족한 상황에서 어떻게 할 수 있다는 생각은 도저히 들지 않았다.

클로에는 힐끔 후방을 보았다.

높이 50m의 전망 타워가 우뚝 서 있었다.

이 산이 국방군의 장비 연구소가 되어 a형—— Asura형 엑소프레임 3호기의 운용거점이 된 뒤로는 다른 용도를 지닌 시설로 리모델링했다.

고로가다케의 높이를 이용해 3호 프레임에 '그 힘'을 송신하기 위해서.

"하다못해 그분께서 도와주신다면……."

"? 무슨 뜻이에요? 엄마."

"우리 엘프 나라의 공주님을 말하는 거란다. 언젠가 기회가 된다면 말해줄게."

의아해하는 딸에게 말한 후, 망명 엘프 현자 클로에는 하늘을 올려다보았다.

202X년. 12월. 마이즈루의 겨울 하늘은 탁하게 흐려져 있었다──.

Fantasy has invaded,
Hero come back

이세계, 습격

프로젝트
리버스

1

마이즈루만에서의 패배로부터 몇 달이 지나고——.

벌써 3월 하순이 되었다. 계절은 봄. 이치노세 유우는 아직 마이즈루시에 있다. 나가고 싶어도 이동 수단이 없다.

"배와 비행기는 전부 드래곤이 태워버렸으니까……."

유우는 멍하니 저녁 해를 바라보면서 중얼거렸다.

풀밭 위에서 책상다리를 하고 앉아있다. '친우' 이쥬인 타카마루도 바로 옆에서 말했다.

"차를 타고 육로로 가는 건…… 아주 위험하대. 특히 산을 넘는 게 끔찍하다니. **저쪽의** 크리처가 이따금씩 돌아다니기 때문에 상당한 확률로 마주친다고 해."

"그 녀석들, 한번 이쪽에 오면 2, 3달은 어슬렁거린단 말이지."

"그래. 보유한 마력이 끊어질 때까지는 머무를 수 있댔지. 화려하게 마법을 사용하면 강제송환—— 이른바 '타임아웃'이 되고……."

유우와 이쥬인은 살금살금 정보교환을 했다.

두 사람에게는 목적이 있고, 그 때문에 상담이 필요하다.

"이런 가설기지에 계속 있는 건 사양이야. 반드시 탈출해서 큐슈나 홋카이도까지 가자고, 친구! 물론 고향으로 돌아가는 게 최선이지만!"

"칸토는 안 돼. 지진으로 여기저기가 다 무너졌어. 여기보다 더 물에 잠겨 있잖아."

뜨겁게 외치는 이쥬인은 사실 요코하마시 야마테에 사는 도련님이라고 한다.

반면 도쿄의 서민 동네에서 자란 서민인 유우는 냉정하게 말했다. 두 사람은 지금 풍경 구경하기 딱 좋은 장소에서 가라앉는 저녁놀을 바라보고 있다.

동해에 인접한 마이즈루시의 거의 중심부, 고로가다케라는 산의 정상──.

아름답고 붉은 태양이 산 능선을 향해 천천히 가라앉고 있다. 저녁 해를 받아 탄바의 산과 와카사의 바다가 눈이 부실 정도로 빛나 보였다.

하지만 두 사람은 풍경에 감동하지 않았다.

"물이 더는 안 빠지겠지……."

"클로에 선생님이 그랬어. 일본 열도의 혼슈에선 5대 뭐시기더라── 지수화풍, 공? 그중에서 '수'가 각별하게 강해져서 하천의 수량이 급증했다나. 역시 **전직** 마법사라는 느낌의 설명이었는데……."

일몰 전. 저녁놀이 타오르는 듯한 붉은 하늘 아래.

마이즈루의 시가지가…… 바닷물에 잠겨있다.

원래 시 대부분이 산이거나 높은 언덕인 지형이었지만, 그렇지 않은 평지는 절반 가까이 수몰해버렸다.

지금 있는 산꼭대기에서는 무리지만 배를 띄우면──.

수심 7, 8m의 바다 밑바닥에 가라앉은 길거리를 자신의 눈으로 확인할 수 있다.

항구는 물론이고 주택가에 마이즈루 철도선, 역사. 시골 냄새가 풍기는 상점가, 절과 신사, 오래된 성 아랫마을에 전소한 국방군 기지까지. 전부 바닷속에 잠겨버렸다.

유우는 한숨을 쉬었다.

"설마 동해 방향까지 칸토처럼 바다에 침식되다니."

"혼슈 여기저기가 이렇게 되어있겠지."

"전기, 가스, 수도가 전부 망해버린 건 아마 마이즈루만이 아닐 거야."

"당연하지. 칸사이 전역, 어쩌면 혼슈 전체의 라이프 라인이 전멸했는걸. 어차피 복구할 전망도 없고. 하다못해 무선 정도는 쓸 수 있다면 좋겠는데."

"그 녀석들의 성…… 《포털》이 가까이 있으면 전파방해도 심해지니까."

두 사람은 몸을 일으켜 터덜터덜 걸어갔다.

과거에는 공원이었던 고로가다케 정상. 몇 년 전 국방군의 장비 연구소가 되었고, 지금은 마이즈루에서 도망치지 못한 국방군(의 잔당)이 대기하는 '가설기지'가 되었다.

기지의 가장 큰 창고가 지금은 '피난소'이다.

피난선을 타지 못한 피난민들이 한데 모여서 살고 있다──.

"얼마 전에 새 피난민이 몇 명 왔던가."

유우의 중얼거림에 이쥬인이 대답했다.

"죽어라 고생하면서 후쿠이현에서 차를 타고 온 사람들 말이지? 피난선이 뜨는 횟수가 사전 고지보다 줄어들었으니까. 타지 못하는 사람이 나와도 이상하지 않지. 그렇다고 자택 주위에 있어봤자 도와줄 사람도 물자도 오지 않아. 오는 건 크리처 뿐."

"마이즈루에서 도망치지 못한 사람들은 다들 우리 기지에 있고 말이야."

"그래. 대충 100명 정도던가. 그리고 국방군 생존자가 70명 정도. 하지만 군인들은 침대가 있는 숙소. 수가 많은 피난민과 우리는 피난소에서 비좁게 몸을 구겨 넣고 새우잠⋯⋯. 한숨이 절로 나온다니까."

피난소 바로 앞까지 온 이쥬인이 푸념을 늘어놓았다.

인구 밀도가 너무 높은 창고 안은 가족마다 파란 시트를 깔아놓았다. 그곳에 소지한 짐을 쌓아 올려서 도통 여유 공간이 없었다.

다들 완전히 피곤해하는 얼굴로 작은 일에도 말다툼이 된다. 싸움이 일어난다.

그래서── 유우는 말했다.

"그건 됐어. 덕분에 아리야와 클로에 선생님이 피난소에 오지 않을 수 있잖아."

"그래. 엘프라는 이유로 트집 잡는 녀석이 최근 많으니까. 특히 타케다는 조만간 터무니없는 짓을 저지를 것 같──."

"쉿. 본인이 이쪽에 오고 있어."

햇빛에 피부를 태우고 머리카락을 금발로 염색한 타케다 병장이 걸어왔다.

귀에는 피어스. 상반신은 탱크톱뿐. 게다가 25살로 젊다.

병사라기보다는 불량배, 날라리라는 분위기지만 이런 놈이라고 해도 국방육군의 귀중한 생존자다. 심지어 분위기 메이커. 상관도 마음에 들어 한다.

다만 아랫사람이나 약한 사람에게는 횡포를 부린다──.

유우와 이쥬인도 실컷 부려 먹혔다. 아니나 다를까, 타케다는 이번에도 교만하게 말을 걸었다.

"야. 너희에게 일을 주마. 지금부터 해."

"못 합니다. 저희는 이제 클로에 선생님에게 가야 하는 시간이라……."

짝! 거절하자마자 유우는 손바닥으로 얻어맞았다.

눈앞이 어질어질하다. 바로 옆에서 이쥬인이 겁을 먹고 몸을 뻣뻣하게 굳혔다.

"시끄러워. 엘프 여자의 실험 따위는 어떻게 되든 상관없다고. 아, 그래. 너희, 그 자식과 그 자식의 딸을 한번 우리에게 데려와. 크리처들과 동류인 것들에게 해줄 말이 많거든. 뭣하면 일본을 엉망으로 만든 벌로 노예로 삼는 것도 좋지. 자기들의 죄를 몸으로 갚는다는 방법도──."

"선생님은 저희의 아군이고 실험도 '대령님'의 지시로……."

악의로 가득한 폭언. 유우는 자기도 모르게 그의 말을 끊었다.

짝! 또 맞았다. 입술이 찢어져서 피 맛이 퍼졌다. 타케다 병장은 벌레라도 보는 듯한 눈으로 유우와 이쥬인을 보았다.

"진짜 시끄럽네. 아무튼 어린애가 한 명 사라졌다고. 찾아와."

타케다의 등 뒤에는 젊은 여성이 걱정하는 얼굴로 이쪽을 보고 있었다.

분명 6살과 2살짜리 아이 둘을 데리고 가설기지에 온 어머니였던 걸로 기억한다──.

"뭐, 지금 마이즈루에서 미아가 밤에 혼자 있는 건 위험하긴 하지…….

"아직 무사하면 좋겠는데…….

이쥬인과 유우는 각자 오토바이에 올라탔다.

해가 완전히 저물어 불을 켜고 밤의 차도를 달렸다.

고로가다케를 내려가 서마이즈루의 시가지까지 나왔다. 참고로 무면허. '대후퇴' 이후 계속되는 재해와 전투를 헤쳐 나가는 사이에 자연스럽게 체득한 기술이었다. 사실은 자동차도 대충 굴릴 수 있다.

하지만 가솔린은 현재 보급할 방법이 없는 귀중품이다.

연비가 좋은 오토바이를 마을에서 회수해 이럴 때의 이동 수단으로 쓰고 있었다.

"여기지? 마지막으로 목격된 장소."

"참나. 돌아가는 차에 없었던 걸 아무도 눈치 못 챈 거냐고!"

"다들 피곤했으니까 그렇지. 군인도 평범한 사람들도…….

화내는 이쥬인. 유우는 이미 포기했다.

대형 홈센터의 주차장이었다. 오늘 낮에 국방관 몇 명이 십수

명의 피난민을 군용 트럭과 미니버스에 태워 여기에 왔다. 쓸
수 있을 법한 물자나 무사한 보존 식량을 가져오기 위해서.

피난민은 짐꾼 역할이었다. 초등학생이나 노인도 참가했다.

산이나 바다에서 하는 식량 채취나 단기간에 수확할 수 있는
채소 키우기 등. 일거리는 많이 있었다.

"군대 놈들, 입으로는 '시민을 보호한다'고 하지만 말이야. 결
국 신나게 부려 먹기만 하는 거잖아! 나와 이치노세도 학대당하
고 있고!"

"정확하게는 따돌림? 우리는 클로에 선생님 그룹이니까."

유우의 왼쪽 뺨, 아까 얻어맞은 곳이 아직 얼얼하게 아팠다.

"타케다 일파에겐 우리를 괴롭히는 게 오락거리가 된 거야."

"젠장! 어떻게든 '밖'의 상황을 조사해서 무기와 식량도 슬쩍
한 뒤에 거기서 도망쳐야 해. 하지만 지금은 미아부터 찾고!"

조금 전 홈센터에서 2시간 정도 걸었다.

주택도 드문드문해지고 잡초와 황폐해진 논밭만이 눈에 띈다.
콘크리트 도로도 풀에 많이 침식되어 있었다.

여기저기가 풀로 울창해져서 유우의 키보다 큰 풀도 드물지
않았다.

이쥬인이 지긋지긋해하며 말했다.

"옛날 만화에서 '잡초라는 풀은 없어!'라는 명대사가 있었거
든. 어떤 풀에도 사람에게도 이름이 있다. 가볍게 보지 말라는
뜻이야. ……하지만 솔직히, 심지도 않았는데 자란 풀은 역시
잡초로 분류되겠지."

"산이 가까워서 씨앗도 꽃가루도 많이 날아올 테니까······."

유우도 이쥬인도 산림과는 거리가 먼 도시에서 자랐다.

그런데 지금은 칸사이 지방의 산속에서 움찔거리며 실총——89식 소총을 안고 있다. 허리에 찬 벨트에는 서바이벌 나이프, 9mm 권총도 달고 있다.

그리고 얼굴에는 암시 스코프.

그렇다. 마이즈루 시가지에는 지금 위험이 득시글거린다. 유우는 말했다.

"최악이야. 근처에 있는 것 같아."

크르르르르르르. 월. 월. 월. 월!

살기등등한 짐승—— 들개의 울음소리. 비교적 가깝다. 이어서 '으아아아아아아아아아앙!'하며 울음을 터트린 어린아이의 목소리까지.

이쥬인이 '이치노세!'하고 유우를 불렀다.

이미 유우는 목소리가 들린 방향으로 달리고 있었다.

"먼저 간다! 이쥬인은 네게 맞는 속도로 와!"

"미, 미안!"

소위 '비만'인 이쥬인과 달리 유우는 호리호리하다.

예전에는 MF로서 축구장의 풀밭을 신나게 달리곤 했다. 달리는 속도의 차이는 역력하다. 유우는 홀로 달려가 방치된 밭 근처에 있는 단독주택으로 달려갔다.

——주저 없이 뒤로 돌아 들어갔다.

2세대 주택으로 추정되는 큰 집이었다.

그 벽을 등지고 통통한 중년남성과 남자아이가 다섯 마리의 대형견에게 둘러싸여 서로를 의지하며 떨고 있었다.

개들은 사납게 짖으면서 위협했다.

워우우우우우우! 월! 월! 월!

다들 체격이 큰 대형견이다. 늑대처럼 날카로운 얼굴과 살기도 공통점이다. 애완견이 버려지면서 야생화한 모양이었다.

남자아이는 본 기억이 있었다. 미아가 된 아이다.

하지만 함께 떨고 있는 중년 남성을 본 적은 없다. 기가 약해 보이고 통통하며 깎지 않은 수염에 안경을 낀 모습. 물론 피난민 전원의 얼굴을 기억하는 건 아니지만──.

"느, 늦게 와서 미안해. ……앗, 빨리 구출해야겠다!"

가까스로 따라잡은 파트너에게 유우가 주의를 주었다.

"안 돼. 쏘면 안 돼, 이쥬인. 저 사람들에게 맞을지도 몰라. 우리는 사격 훈련도 제대로 안 했잖아."

탄약이 아깝다는 이유로 유우와 이쥬인은 좀처럼 사격 연습 허락을 받지 못했다.

그런 주제에 이런 역할을 떠넘긴다고 불만을 느끼면서 총구를 하늘로 향했다. 연사가 아닌 수동 모드로 발포했다.

탕! 탕! 의외로 경쾌한 총성이 울려 퍼졌다. 반동도 적었다.

이 총은 구식이라고 하지만 성능 자체는 좋았다.

──발포 효과는 뛰어났다. 자연계에는 존재하지 않는 소리와 초연의 괴상한 냄새에 놀라 경계심을 드러낸 개들이 느릿느릿 떠나갔다.

다만 딱 한 마리, 유우를 노려보는 들개가 남았다.

크르르르르르. 울음소리도 생김새도 흉악하다. 심지어── 유우는 공포를 짓눌렀다.

"이 녀석, 다리가 8개나 있어!"

이쥬인도 알아차리고 소리쳤다.

들개는── 앞발이 두 쌍, 뒷발도 두 쌍이라 총 8개의 다리가 달려 있었다.

역시 '마법'도 **존재**하게 된 21세기. 터무니없는 일이 연이어 일어난다. 유우는 조마조마해 하면서 이질적인 들개에게 총구를 향했다.

맞출 수 있다고 확신할 수 있는 거리까지 조금씩 다가가서── 방아쇠를 당겼다.

타앙! 총소리는 여전히 가벼웠다.

머리에 명중시켜 가까스로 처리에 성공했다.

2

"너희들, 아주 어려 보이는데 군인이니?"

들개 격퇴 후, 통통한 아저씨가 물었다.

총을 든 유우와 이쥬인을 의아해하는 눈으로 보고 있다. 어린아이 쪽은 안심해서 그런지 뒤쪽에 있는 집 벽에 기대어 꾸벅꾸벅 졸고 있었다.

"으으음. 뭐라고 설명하지? 이쥬인."

"저희는요⋯⋯. 사실은 중학생이지만 '대후퇴'보다 몇 달 전에 소년 종사자로서 군대에 징발된 거니까, 소년병이라고 해야 될지⋯⋯."

"소년병?!"

놀라는 아저씨. 유우는 어깨를 으쓱했다.

"인력이 부족해서 이런저런 일로 부려 먹혔지."

"사실 저희는 기술부 소속이에요. ⋯⋯실은 일본이 위험해지기 직전에 나노 머신 적성 수치가 높은 중학생을 몰래 모았거든요. 차세대 나노 기술은 10대일 때 머신을 이식하지 않으면 적합하지 못한다나 어쩐다나."

"그렇구나. 이런저런 사정이 있었군."

"그러는 아저씨는 피난소 사람이에요? 처음 만난 것 같은데."

이쥬인이 대놓고 질문했다. 안경을 쓴 통통한 아저씨는 쓴웃음을 지었다.

"처음에는 거기에 있었는데. 불편해서 바로 나왔어. 국방군 녀석들이 자꾸 으스대고, 괴롭히잖아. 지금은 이 빈집에서 살고 있지."

"아하." "이해해요."

이쥬인도 유우도 강하게 동의했다.

아저씨는 조금 오타쿠처럼 생긴 외모에다 기도 약해 보이니, 타케다 병장이 바로 찍어놨을 법한 사람이었다.

"나밖에 없으니 마실 것과 식량을 여기저기서 모으면서 어떻게든 버텨왔는데. 오늘 밤은 어린아이의 울음소리가 들려서 상황을 보러 왔더니 개들이 있더라고……. 요즘 동물이 꽤 늘었어."

아저씨는 '하아' 하고 한숨을 쉬었다.

"가고 싶지 않지만 슬슬 피난소에 돌아가야 하려나."

"괜찮으시다면 저희와 함께……."

"아니, 아직 괜찮아. 조금 더 혼자서 노력해볼게. 아, 하지만."

아저씨는 갑자기 헤실거리면서 웃었다.

"먹을 게 있다면 뭐라도 나눠주지 않을래? 요즘 거의 먹지 못했거든."

"정말로 고마워, 얘들아!"

미아의 어머니에게서 열렬한 인사를 받았다.

아직 젊은── 22, 23살 정도의 어머니다. 젊다는 걸 넘어서 어린 수준이다.

머리카락 색도 상당히 밝고, 이런 상황에 놓였는데도 화려하게 화장도 했다. 학창 시절에 상당히 날렸을 법한 외모였다.

결국 유우와 이쥬인은 남자아이만 데리고 가설기지에 돌아왔다.

지금은 피난소가 된 창고 바로 밖. 이미 심야에 가까운 시각이기에 100명이 넘는 피난민들은 거의 잠들어 있다.

아이도 이미 재워두었다.

다들 비좁게 구겨져 새우잠을 자는 가운데 새근새근 잠들어있을 것이다.

"아, 나는 슬슬 가야겠다. 병장님에게 보고도 해야 하고."

생글거리던 그녀가 갑자기 떠올랐다는 듯 말했다.

유우와 이쥬인은 애매모호하게 웃으며 괜한 질문을 피했다.

전투와 재해가 이어지는 가운데 의지할 수 있는 가족을 전부 잃고 두 아이라는 딸린 식구가 있다. 식량 배급도 풍족하지 않다. 그래서 그녀는 선을 긋고 군인들을 '상대'하여 각종 우대를 받는 길을 택했다. 예를 들어 먹을 것이나 과자나 기호품을 넉넉하게 받는 식으로.

그래서 주위의 눈총을 사면서도 화장도 했고──.

조금 전의 아저씨고 그렇고, 다들 고생한다며 유우의 가슴이 안타까워졌을 때.

"맞아. 너희들에게 전할 말이 있었지……."

그녀가 말하기 거북한 듯 입을 열었다.

"젠장. 자기가 쓴 건 자기가 청소하라고!"

"무기고의 총 분해와 청소라니, 낮에 하면 될 텐데……."

이미 날짜가 바뀐 심야의 무기고──.

이쥬인과 유우는 바닥에 앉아있었다.

뿔뿔이 해체한 89식 소총의 부품을 늘어놓고 열심히 닦았다. 건 오일에 적신 걸레로 그을음과 지문, 특히 소금을 씻어내기 위해서.

바다가 가깝기 때문에 소금기를 머금은 바람이 불어와 금속 부분에 녹이 슬기 쉽다.

"이 총을 들고 우리가 자고 있는 자기들을 습격하러 올지도 모른다는 생각은 안 하는 건가?"

"안 할걸. 그 녀석들은 엄청 방심하고 있으니까."

"옛날 자위관에 비해 국방군 채용기준이 무지 낮아지긴 했지. 인력 부족 때문에 이력서를 써온 18살 이상이기만 하면 아무나 OK라는데……."

절전을 위해 병에 넣은 샐러드 오일에 불을 붙인 즉석 램프만이 유일한 광원이다.

충분한 밝기라고 할 수 없으나 해야만 한다. 유우가 더 손재주가 좋은 만큼 작업을 착착 진행해나갔다. 닦은 뒤에는 총을 조립했다.

숙달된 병사는 3분대 초반에 분해 · 결합까지 끝낸다고 한다.

하지만 유우와 이쥬인은 당연하게도 시간이 걸렸다.

"이쥬인은 속도보다 정확성을 중시해줘. 더러운 부분이 발견되면——."

"그래. 또 연대책임이라며 둘 다 징벌을 받겠지! 이번에는 그런 실수 안 해!"

가벼운 징벌은 5km 달리기와 팔굽혀펴기 20번.

하지만 이따금 토할 때까지 시킨다. 최악인 건 격투 훈련에 참가시켜서 마음대로 두들겨 패고 걷어차는 것이다. 유우는 중얼거렸다.

"매년 코시엔에 가는 야구부에서는 '흔한' 일인 걸까……."

"글쎄? 나는 초등학생 때부터 문화계에 올인한 스포츠 알레르기라서. 운동부 쪽은 전혀 상상이 안 가는데. 이치노세가 더 잘 알지 않을까?"

이쥬인이 반대로 물어보았다.

"너는 계속 축구했었잖아?"

"나도 어릴 때부터 클럽팀에만 있었을 뿐이고 소속도 우라와의 쥬니어 유스였으니까. 체육계 서클에 대해서는 잘 몰라. 중학교 축구부는 견학도 안 했어."

"어떻게 다른데?"

"상하관계가 완전 널널해. 선배가 부려 먹는 일도 없어."

그렇게 몇 시간의 심야 작업이 끝나고——.

두 사람은 간신히 무기고에서 나와 문을 열었다. 하늘이 밝아오고 있었다.

"이제 곧 아침이냐. 죽겠다."

"슬슬 피난소에 돌아가자, 이쥬인."

"하지만 지금부터 자 봤자 바로 기상 시간이잖아."

새벽, 환해지기 시작한 남빛 하늘을 올려다보면서 이쥬인이 눈을 빛냈다.

"잠깐 따라와 줘. 이치노세에게 새 특기를 보여줄게!"

고로가다케의 산꼭대기는 과거엔 관광명소인 공원이었다.

국방군의 기지가 된 뒤에는 연구동과 창고가 여럿 세워졌다. 전력공급이 끊어진 뒤에도 자체 보유한 발전시설로 근근이 전기를 얻고 있다. 태양광 발전 패널과 초전도 모터를 이용한 풍력발전용 대형풍차도 눈에 띈다.

그리고 높이 50m의 구 전망 타워——.

관광지 시대의 흔적이다. 옥상에는 현재 커다란 안테나가 설치되어 있다. 소라고둥처럼 생긴 모양새가 특징적이다.

"여기는 뭘까? 클로에 선생님도 가르쳐주지 않으셨잖아."

고개를 갸웃거리는 유우. 이쥬인이 대답했다.

"관측소 같은 거 아니야? 안테나에서 레이더파를 쏘는 거지. 아무튼 여기는 카드키를 지닌 사관이 아니면 못 들어가잖아?"

입구는 두꺼운 자동문. 지금도 닫혀 있다.

문 옆에는 카드를 꽂는 장치가 딸린 조작판. 반구형의 '나노 머신 이식자 전용 인터페이스'도 설치되어 있었다.

그 반구를—— 이쥬인이 오른손으로 건드렸다.

전자음이 울렸다. 삑. 삑. 삑. 그리고 이쥬인이 중얼거렸다.

"문 연다."

"어?!"

놀라는 유우의 눈앞에서 자동문이 '슈우욱!' 하고 열렸다.

"어떻게 한 거야? 지금 이거!"

"최근에 각성 실험에서 **이 녀석**을 자주 사용했잖아? 그래서 익숙해진 건지도 몰라. 어느새 할 수 있게 되었어."

이쥬인이 오른손을 활짝 펼쳤다.

손바닥에 고리 모양의 빛이 떠 있었다. 유우는 흥분했다.

"해킹했다는 거야?"

"그래. 이식자용 조작기가 있는 기계라면 손으로 만지기만 해도 막연하게 사용법이나 상태를 알 수 있어. 우리는 나노 머신 적성이라는 게 높다는 이유로 이런 곳까지 끌려왔지만, 처음으로 도움이 되었단 느낌이야!"

"와아아. 제법인데."

지금 두 사람 앞에 '비밀의 문'이 열려있다.

그 앞은 현관. 과거에 관광용 전망 타워였기 때문인지 접수대로 보이는 카운터가 있었다. 처음 본다.

"……저기, 이쥬인. 잠깐 들어가 보지 않을래?"

"……그래. 탈주계획을 세우기 위해서도 정보가 필요했던 참이니까──."

"감시 카메라가 있으면 곤란한데……."

"어디 보자. 으음, 적어도 이 복도에는 없어. 아니, 타워 전체가 절전 모드라고 해야 하나, 자동문이나 엘리베이터 같은 최저한의 기능만 돌아가도록 해둔 느낌? 뭐, 카메라가 돌아가도 감시하고 있을 만큼 사람이 많은 것도 아니니까."

이쥬인은 두 눈을 감고 중얼거렸다.

가끔 복도 벽에 달린 조작판── 나노 머신 이식자용 반구형 디바이스를 만지면서.

유우는 감동하며 파트너를 마구 칭찬했다.

"대단해. 만화에 나오는 해커 같아."

"아니, '컴퓨터를 조작한다'는 느낌은 전혀 없어. 단말을 만지면 이어져 있는 기계에 대해서도 필링으로 알 수 있다고 해야 하나. '생각하지 말고 느껴라!'의 세계야. ……제일 중요해 보이는 곳은 최상층인가."

두 사람은 바로 엘리베이터에 탔다.

최상층, 높이 50m의 전망층에 도착했다. 360도가 전부 유리로 되어있어 바깥 풍경을 둘러볼 수 있도록 한 설계였다. 다만.

바닥에는 커다란 나무상자들이 셀 수 없을 만큼 많이 놓여 있었다.

굵은 케이블도 여기저기를 기어 다녀서 발을 디딜 곳을 찾는 것도 어려웠다. 아무튼 어수선했다.

그래도 유우는── 전망 유리창으로 걸어갔다.

마이즈루만과 그 너머에 펼쳐진 와카사만이 보이는 방향, 즉 북서쪽. 유우는 눈이 좋다. 그쪽 하늘에 떠 있는 이물을 육안으로 똑똑히 시인했다.

유우의 시야 속에서는 손가락 끝 한마디만 한 크기였다.

거대한 바윗덩어리가 하늘에 떠 있다. 그 위에는 돌로 된 성이 있다──.

"그 자식들의 《포털》이 또 보이기 시작했어…….."

"이치노세! 이거 봐 봐!"

이쥬인이 큰 유리 케이스를 손가락질했다.

똑바로 서 있는 직사각형의 길쭉한 케이스. 파란 액체로 가득 차 있다. 안에는 실오라기 하나 걸치지 않은 알몸의 소녀가 잠들어 있었다.

푸른빛이 도는 검은 머리카락. 두 눈을 감고 있어도 아름다운 얼굴임을 확연히 알 수 있었다.

체리처럼 아담한 분홍빛 입술에서는 이따금 물거품이 흘러나왔다. 그리고 무엇보다 특징적인 것은 귀였다. 길고 그 끝이 뾰족하다──.

유우는 깨달았다.

"이 잠든 아이, 엘프야!"

"확실히 클로에 선생님과 비슷하게 귀가 길어. 옛날 SF에서 자주 보던 콜드 슬립처럼 보이기도 하는데…… 어떻게 된 일이지?!"

잠든 엘프 소녀가 들어있는 케이스에도 조작 단말이 붙어 있었다.

이쥬인은 단말을 터치하고 눈을 감았다. 미간을 찡그리고 정보를 뒤졌다.

"명칭 《클론 엘프》……? 젠장, 이 이상은 자격이 있는 사람이 아니면 접속할 수 없나 봐."

"클론?"

"그리고 보면 전에 인터넷 소문으로 읽은 적 있어. 망명 엘프의 마력과 뇌만 이용할 수 있도록 캡슐에 가둬놓고── 노예로 만드는 장치가 있다고. 각국의 군부에서 공동으로 개발했다나."

"이 아이가 노예라는 거야? 너무하잖아!"

"나중에 클로에 선생님에게 물어보자. 이제 시간도 별로 없어."

동틀 녘의 푸르스름한 시간은 이미 끝나버렸다.

동쪽으로 펼쳐진 탄바 고지의 산 능선에서 태양이 얼굴을 내밀고 있었다. 하늘이 밝다. 곧 아침 해가 완전히 뜰 것이다.

엘프 소녀는 아침놀의 햇살을 받으면서 잠들어 있었다.

나이는 15, 16살 정도일까. 늘씬한 팔다리를 감추는 것은 아

무엇도 없다. 유우는 부끄러워져서 얼굴을 돌렸다.

아무튼 이쥬인의 말대로 여기서 떠나야 한다.

엘리베이터로 향한 파트너를 쫓아가려다가── 유우는 등에 전류가 타고 오른 것 같은 느낌을 받았다.

깜짝 놀라 엘프 소녀 쪽을 돌아보았다.

가련한 얼굴. 눈꺼풀을 닫은 눈. 그런데도 유우는 이렇게 느 꼈다.

『기다리고 있었다. 당신을──.』

그렇게, 말을 건 것 같다고.

3

거의 밤을 새운 날 아침, 유우와 이쥬인은 징벌을 받게 되었다.

라이플 스탠드에 빼곡히 늘어놓은 89식 소총은 전부 말끔하 게 청소된 상태── 인 것을 보고, 타케다 병장이 말했다.

"뭐야, 엄청 더럽잖아."

반쯤 예상한 대로였다. 트집을 잡을 것 같다는 예감은 했다.

이리하여 오전 내내 가설기지의 풀밭에서 잡초를 뽑았다.

마구잡이로 난 잡초와 씨름한 뒤 오후부터 같은 풀밭 위에서 진짜 격투 훈련──.

"너 무슨 스포츠 했었다며? 그런데 전혀 단련이 안 돼 있네."

퍽! 유우는 헤드기어 너머로 얻어맞았다.

타케다 병장과 유우는 둘 다 티셔츠와 바지만 입고 격투 훈련용 글러브와 헤드기어를 착용했다.

그 광경을 5, 6명의 병사와 이쥬인이 바라보고 있다.

다만 이쥬인 말고 다른 자들은 맞기만 하는 유우를 보면서 히죽히죽 비웃었다.

"이, 이치노세. 슬슬 교대하자!"

"시끄러워, 돼지. 그걸 정하는 건 나야. 닥치고 기다려."

"네, 넵!"

퉁퉁한 이쥬인을 위협하며 타케다 병장이 종권(縱拳)을 연달아 날렸다.

헤드기어에 연속으로 충격이 가해졌다. 유우는 두 손으로 가드를 올리고 끊임없이 버틸 뿐. 방어 일변도였다.

반격해봤자 막혀버릴 뿐이다. 방어에 철저히 집중하는 게 낫기 때문이다.

타케다는 도수 격투, 그것도 타격기가 특기다. 게다가 180cm에 70kg이 넘는 단련된 몸. 도저히 남자 중학생이 당해낼 수 있는 상대가 아니다.

"너 진짜 비실비실하고 맥아리가 없단 말이지."

타케다 병장은 히죽히죽 웃으면서 중단 돌려차기를 날렸다.

옆구리를 맞은 유우는 옆으로 날아갔다.

"그러니까 자꾸 비틀거리는 거야."

'시끄러워. 일부러 그런 거라고.'

생각만 할 뿐 입 밖으로는 내지 않는다.

최근 계속 폭력을 당했기 때문인지 유우는 깨달았다.

고분고분 맞아줄 의무는 없다. 타격이 가해지는 순간 몸에 힘을 빼서 위력을 솜처럼 흘려넘긴다. 맞아도 차여도 버티지 않고, 오히려 밀쳐지면서 충격을 흘리는 게 좋다. 대미지를 꽤 줄일 수 있다.

이것도 유우 나름의 방어대책. 약자에게는 약자의 전술이 있다.

이쥬인에게도 해 보라고 가르쳐줬더니, '두들겨 맞으면서 그런 교묘한 기술을 펼칠 수 있겠냐! 할 줄 아는 쪽이 이상해!'라며 화냈지만.

아무튼 상대방이 원하는 대로 두면서 지치는 걸 기다리고 있을 때.

"──너희들 뭐 하는 거지?"

갑자기 차가운 여성의 목소리가 날아왔다.

"그 두 사람은 내 연구팀의 멤버야. 기지 운영을 위해 인원을 할애할 필요성은 물론 이해하고 있지만, 곧 실험이 시작되거든? 이 이상 내 스태프를 구속할 권한은 너희들에겐 없을 텐데?"

백의를 입은 여성 연구자── 금발 사이로 긴 귀가 튀어나와 있다.

단정한 미모는 몽환적이고, 지상의 인간과는 어딘가 달라 보인다. 클로에 선생은 망명 엘프의 《현자》다. 일본에서의 이름은 토도 클로에. 엘프족으로서의 정식 이름은 몹시 길어서 외우기 어려웠다.

20년도 더 전에 지구로 도망쳐온 이민단 중 한 명. 오랫동안 일본에 머무르며 엘프가 지닌 이세계의 지혜와 지구의 첨단과

학을 융합시킨 공로자──.

　고차원 나노테크놀로지의 권위자였다.

　간신히 해방된 유우와 이쥬인.

　둘은 앞서 걷는 클로에 선생님을 따라 풀밭을 걸어갔다.

　엘프──. 소위 '이세계의 종족'인 클로에 선생의 피부는 하얗고, 도자기가 연상될 정도로 매끄러웠다.

　연한 금색 머리카락은 업스타일로 정리했다. 단.

　선생의 아름다운 얼굴은 백인처럼 이목구비가 깊지 않다.

　그녀를 만날 때마다 유우는 보살상을 떠올렸다. 수학여행 때 나라의 절에서 봤다. 아몬드형 눈동자에 신비로운 아르카익 스마일을 짓고 있었다──.

　유우는 늦게나마 인사했다.

　"선생님. 일부러 찾아와 주셔서 감사합니다."

　"괜찮아. '대령님'에게는 도덕성이 떨어지는 부하에 대해서 누누이 경고하고 있지만, 가설기지의 규율은 나날이 엉망이 되는구나──."

　클로에 선생은 몹시 유창한 일본어로 말했다.

　"오히려 너희를 제대로 지켜주지 못해서 미안해."

　"아뇨, 진짜로. 클로에 선생님만은 멀쩡해서 다행이에요."

　이쥬인도 고마워하며 말했다. 참고로 '대령님'이란 가설기지의 보스를 말한다. 살아남은 사관 중에서 가장 계급이 높았기 때문이다.

"저기, 솔직히 '밖'에서 구조가 올 가능성이 있나요?"

유우가 노골적인 질문을 하자 클로에 선생은 단호하게 대답했다.

"개인적인 견해지만 거의 제로일 거야. 적의 침입거점──《포털》이 근처에 있는 한 무선으로 연락도 못 하고."

"역시나."

"그렇겠죠. 적이 바로 도쿄를 노리는 바람에 나가타쵸나 이치가야도 순식간에 무너졌으니까……. 허겁지겁 세운 임시정부도 큐슈 방면으로 도망친 뒤로는 뭘 하는 기적도 없고. 우리의 미래는 어둡구나."

이쥬인도 작은 목소리로 투덜거렸다.

하지만 거기서 선생은 놀라운 발언을 했다.

"그것도 있지만, 그것만이 아니야. 통신이 봉쇄되어 있어도 구조를 요청할 사자를 직접 파견할 수는 있잖아? ……이젠 기밀도 뭣도 아니라고 보니 두 사람에게는 알려줄게. 대령님은 일부러 외부와의 연락을 취하려 하지 않고 있어."

"네? 어째서요?!"

"수중에 있는 '최후의 희망'을 넘기고 싶지 않은 거야. 임시정부엔 구조부대를 보낼 여유가 없어. 온다고 치면 아마 일본 밖에서 올 테고……. 그렇게 되면 확실하게 **3호 프레임**을 빼앗기게 될 테지."

"장착자 3호의 수트── **우리가** 각성 실험을 하는 그거 말이에요?!"

클로에 선생이 말하는 미래 예측에 유우는 경악했다.

"늦잖아요."

가설기지, 제4연구동의 지하 격납고——.

연한 황갈색 머리카락의 소녀가 불안해하는 모습으로 중얼거렸다. 유우와 이쥬인이 입는 스탠딩 칼라 교복과 세트인 여학생 교복을 입고 있다.

하얀 세일러복이지만 칼라 부분과 리본은 파란색이다.

여기에 검은색 니하이 삭스와 하얀색 바탕에 줄무늬가 들어간 베레모를 맞춰 입었다.

"엄마와 요철 콤비 선배들, 별일 없으면 좋겠는데요…….."

토도 아리야, 13살.

망명 엘프이자 나노테크놀로지 연구자, 토도 클로에의 외동딸. 지구의 인종보다 명백하게 귀가 길다.

툴툴거리며 화내는 아리야 앞쪽, 격납고의 벽에는 강화 수트가 걸려 있었다.

장착하는 인간의 전신을 특수장갑으로 뒤덮고 인공 근육으로 파워를 증강—— 하기만 하는 엑소스켈레톤은 결코 아니다.

Exo-Frame type:Asura—— a형 엑소프레임.

통칭 아수라프레임.

칠흑의 《아다마스(ADAMAS) 장갑》은 몹시 견고한 금속이면서도 초탄성도 보유하고 있어 고무처럼 휘어지는 성질을 지닌다.

검은색이 기본 색상이지만 장갑 테두리를 타고 들어간 금색 덕분에 칙칙하진 않다.

21세기의 과학과 엘프족이 가져온 이세계의 지혜. 쌍방을 결집시킨 결전 병기이자 인조 아수라(阿修羅)였다.

4

마이즈루의 시가지는 현재 약 절반이 바닷물 속에 잠겨있다.

수난을 모면한 남은 시가지에도 인기척은 없다. 새가 자기 집인 양 눌러앉거나, 가끔 들개나 산에서 내려온 원숭이, 사슴 등이 어슬렁거렸다.

거의 폐허가 된 마을 여기저기에 같은 포스터가 붙어 있었다.

——『우리의 미래를 지켜내자.』『국방관 모집』

지금은 애잔할 뿐인 로고가 크게 적혀있는 포스터는 전부 빛이 바랬다.

국방군 인재 모집 포스터였다. 포스터의 '얼굴'이 된 모델은 연예인도 애니메이션풍 일러스트도 아니다.

산뜻한 인상의 청년 병사를 찍은 사진—— 실존 인물이다.

검은색에 금색으로 포인트를 준 강화 수트를 입고 헬멧을 벗어 옆구리에 끼고 있다. 국방관이기도 한 그는 본명보다는 통칭이 더 유명했다.

일본에 사는 사람이라면 그 이름을 모르는 사람이 드물 정도였다.

결전 병기 아수라프레임을 받은 전사 중 한 명. '장착자 3호'로서 벌써 3년 가까이 최전선에 서 왔던—— 구국의 영웅이다.

같은 시내, 고로가다케의 가설기지.

가장 넓은 창고를 비워두고 갈 곳이 없는 시민을 수용 중이다.

임시 피난소—— 즉 피난민 캠프였다.

하지만 100명이 넘는 인간이 살기에는 비좁고, 밤이면 매트를 깔고 새우잠을 잔다. 칸막이를 만들 여유도 없으니 사생활도 존재하지 않는다.

물론 물에 잠기지 않은 시가지의 민가를 빌려 쓸 수도 있다.

하지만 가동되는 물 재생 시스템과 자급형 발전시설은 이 기지에만 존재한다. 소량이라고는 해도 비축한 식량도 나눠준다.

무엇보다 어슬렁거리는 야생동물과 **적습**이 두려웠다.

피난민들은 산더미 같은 불만을 죽이며 이곳에 있다. 지금도 한밤중인데도 전등을 쓸 수 없다. 촛불이나 기름 램프로 빛을 얻고 있다.

절전을 위해 오후 18시 이후엔 소등한다는 규칙이 있다.

그런 그들 중에도—— '칠흑과 황금의 전사'가 있었다.

어떤 남자아이가 전신에 매트 블랙의 장갑을 입은 장착자 3호의 모습을 한 피규어를 껴안고 있다.

고령의 남성은 1년도 더 지난 구깃구깃한 신문을 읽고 있다.

『장착자 3호, 홋카이도 전선에 투입되다』『적 크리처 섬멸』『위험 외래생물을 신속하게 격파』

그런 과거의 기사를 읽으며 노인은 살며시 한숨을 흘렸다.

한때 국토방위의 비장의 한수로서 일본 전역으로 출동했던

'칠흑과 황금의 전사'. 애니메이션 속 슈퍼로봇, 미국 만화영화의 히어로가 그대로 현실이 된── 평화의 수호자. 스페셜 원.

그렇다. 그는 오직 한 명밖에 존재하지 않는 '특별한 남자'였다.

그 무렵 기지 내의 국방관용 숙소.

몇 없는 생존자 장교는 이런 상황에서도 개인실을 쓰고 있다.

계급이 낮은 병사, 혹은 피난민 중에서 군무에 동원된 사람도 공용실이라고는 하나 임시 침대라는 침상이 주어졌다.

피난소와는 다르게 무척 여유가 있었다.

그곳에서 '전우'들에게 둘러싸인 타케다 병장이 시시껄렁한 이야기로 분위기를 띄우고 있었다.

주로 '위로'를 받는 상대로 삼은 몇 명의 민간인 여성에 대한 몹시 저질스러운, 상식적인 사람이라면 눈살을 찌푸릴 법한 이야기였다.

원래는 호쿠리쿠의 시골에서 양아치라 불리는 남자였다.

지금은 장래의 불안을 덮어두기 위해 누군가를 괴롭히고 조롱하면서 무의식중에 현실로부터 도망치고 있다.

탱크톱을 입은 타케다──.

탄탄한 왼쪽 어깨에는 문신이 새겨져 있다.

그것은 장착자 3호의 헬멧을 데포르메한 디자인.

거의 모든 국방군이 '칠흑과 황금의 전사'를 동경하고, 의지하고, 자랑스럽게 여기며 지고의 영웅으로 숭배했다. 타케다 같은 남자조차 예외가 아니었다.

그리고 마찬가지로 가설기지 내, 구 전망 타워의 최상층.

완전히 날이 저문 밤 19시. 오늘 아침 일찍 14살 남자 둘이 몰래 숨어들었던 장소에서는 고령의 남성이 중얼거리고 있었다.

"장착자 3호……. 아수라프레임을 착용한 국방의 중추——."

50대 후반으로 국방군의 '전직 대령'이라는 직함을 지녔다.

군대도 국가도 사실상 붕괴했는데도 그는 아직까지 성실하게 군복을 입고 있었다.

"3호의 전사가 벌써 8개월 전인가."

"네. 그 사실은 계속…… 지금도 공표하지 않은 상태입니다."

토도 클로에는 비아냥을 담아 대답했다.

하지만 대령은 그 가시를 알아차리지 못하고 태연하게 말했다.

"어쩔 수 없는 일이었네. 본래대로라면 적절한 후계자를 선발한 후 대대적으로 **선대** 3호의 전사를 공표하여 국민의 분기(奮起)를 촉구했을 테지만——."

"800명이 넘는 후보자는 전부 부적합 낙인이 찍혀버렸죠."

클로에 박사가 지적했다.

"다름 아닌 3호 프레임의 **의지**에 의해."

"그래. 덕분에 우리나라는 반격에 나설 계기를 얻지 못한 채 현재에 이르렀고, 우리도 이렇게 숨을 죽이고 있지……. 애초에 박사, 왜 병기의 관제 AI에 의지가 있는 거지?! 왜 장착자를 고르는 건가!"

"AI가 아닙니다. 의식체입니다."

몇 번이나 반복된 설명이기에 클로에는 매정하게 고했다.

"아수라프레임은 나노 머신《아다마스》에 의해 구축된 특수 장갑과 인공 근육섬유를 메인으로 한 실체 부분에, 허실 영역과 링크하는 의식체가 하이브리드한── 하나의 인공생명체. 충분한 조건만 갖춰지면 살아있는 몸이기 때문에 기대할 수 있는 가변성과 증식성을 발현시킬……."

"그건 됐네. 또 묘한 강의를 듣고 싶지 않다."

대령은 언짢아하며 말했다.

세상에는 아무리 PC가 보급되어도 메일을 여는 법조차 배우려고 하지 않는 노인이 있다고 한다. 조작은 부하나 가족에게 떠넘긴다. 대령도 그와 마찬가지로 아무리 말해봤자 새로운 지식, 새로운 개념을 이해할 수 없는 사람이었다.

무익한 해설은 포기한 클로에가 단적으로 말했다.

"3호 프레임은── 이전 장착자에게 불만을 품은 건지도 모릅니다."

"불만이라고?!"

"네. 호감을 느끼기 쉬운 외모와 충성심. 그 점을 중시해서 선발된 이전 장착자는 아수라프레임의 스펙을 만족스럽게 끌어내지도 못하고 전사. 3호 프레임도 대파하여 자칫 회수하지 못할 수도 있었고……."

클로에는 옆을 힐끔 쳐다보면서 덤덤하게 말했다.

그쪽에는 보호수면 포드가 있다. 그 안에서 잠든 알몸의 엘프 소녀,《클론 엘프》는 이전 장착자를 인정하지 않는 성향을 보였다.

"3호 프레임은 그 사태가 재발하는 것을 우려하는 것 아닙니까? 끊임없이 변화하는 상황에 맞춰서 자기 진화와 자기 증식을 이루는 것── 그것이야말로 아수라프레임의 특징입니다. 자신의 진화에 방해가 될 법한 요인은 사전에 배제해두어도 이상하지 않습니다."

"하지만 충분한 전과는 냈을 터이다!"

"글쎄요. 우리 엘프가 당신들 휴먼과 함께 만들어내서 전 세계에 퍼트린 12체의 아수라는…… 《선택받은 달바의 종족》, 그 대마법사들에게도 대항할 수 있도록 계산했습니다. 그런데 결과는──."

달바라는 이름을 꺼내자 대령도 침묵했다.

천공의 마성 《포털》을 맡은 대마법사이자 전사. 크리처 군단을 거느리고 인류의 도시를 잿더미로 돌려놓는 절대적인 강자──.

"딸 아리야가 재미있는 발견을 했고, 예기치 못한 성과도 나왔습니다. 실험을 시작하죠. 움직이지 않는 아수라를 각성시켜 우리의 방패로 삼기 위해."

아수라프레임 3호, 지하 격납고.

토도 아리야는 손목시계를 보고 불만이라는 듯 말했다.

"요철 콤비 선배들이 늦어서 벌써 이런 시간이잖아요."

"어쩔 수 없다고. 우리는 반나절 정도 잡혀 있었단 말이야."

이쥬인이 반박했다.

태도도 말투도 다 정중한 아리야. 하지만 연상에게 묘한 별명을 붙이거나 작게 독설을 뱉는 등 제법 '좋은' 성격이었다.

그런 아리야가 얼굴을 새빨갛게 물들이고 호소했다.

"그러니까! 시간이 되면 아리야가 선배들을 데리러 가야 해요! 짜증 나는 자식들이 붙잡아도 본래의 임무가 있다고 단호하게 말해줄게요. 매번 굳이 엄마가 나가지 않아도!"

"안 돼."

유우는 하급생의 요구를 기각했다.

"여자는 그 녀석들 앞에 나서면 안 돼. 우리보다 더 불쾌한 일을 당할 거야."

"으윽. 유우 선배는 좀 과보호라고 해야 하나, 아리야를 얕보고 있어요!"

"아무튼 안 돼. 괜찮아. 나랑 이쥬인은 이미 익숙하니까."

놈들은 이곳의 넘버 2인 클로에 선생에게도 음흉한 시선을 보낸다.

심지어 아리야는 하프 엘프, 아름다운 종족의 피를 이어받았다.

그래서인지 앤티크 인형처럼 비범한 귀여움을 지녔다.

어머니인 클로에 박사의 '실험'을 돕기 위한 조수이기 때문에 일상 잡무에서 면제된 것은 틀림없는 행운이다.

"그래. 지난번에 아리야 후배가 끝내주는 비기를 발견해줬으니까 충분해."

이쥬인이 자연스럽게 화제를 바꿨다.

"선대가 죽은 뒤로 아무도 기동하지 못한 프레임을── 각성시켰으니까."

"800명의 후보자가 장착해도 주동력조차 켜지를 못했는데 말이지."

"그건 뭐……. 너무 천벌 받을 짓 같아서 제가 떠올려놓고도 좀 그랬지만요. 설마 그게 정답이었을 줄이야……."

세 사람은 한 탁자 앞으로 이동했다.

사진── 지금은 죽은 장착자 3호의 영정사진과 밖에서 꺾어 온 꽃이 놓여 있다. 그리고 작은 항아리도. 안에는 유해가 담겨 있었다.

장착자 3호는 대중적 인기를 의식해 국방군에서도 손에 꼽힐 정도로 잘생긴 남자가 선발되었다.

사진 속의 '그'는 상쾌하게 웃고 있다. 아리야가 먼저 사과했다.

"살아있을 때 '그 사람 엄청 싸가지 없어요!'라고 험담해서 죄송합니다! 실제로도 재수 없었지만, 지금은 정말 미안하게 생각합니다!"

"높으신 분에게는 굽신거리면서 우리에게는 엄청 거만했지만!"

"그래도 이런 식의 모독을 받을 이유는 되지 않죠? 하지만 이렇게 하지 않으면 3호를 움직일 수 없으니까── 넘어가 주세요!"

이쥬인도 유우도 나란히 사과했다.

아리야는 항아리에 살며시 손을 넣어 하얀 새틴 주머니를 들어 올렸다. 화장한 후 재가 된 고인의 유골이 담긴 주머니다.

"잠시 뼛가루 좀 빌리겠습니다!"

세 사람이 향한 곳에는 바닥에 내려놓은 아수라프레임 3호기가 있었다.

키는 195cm, 무게는 193kg.

아리야는 강화 수트의 헬멧을 벗겨 안쪽에 뼛가루가 든 주머니를 꽂았다. 고 장착자 3호의 '유품'을 테이프로 헬멧 안에 고정했다.

참으로 간단하고도 천벌을 받을 법한 DIY였다.

이 헬멧을 원래의 위치로 되돌린 후 작업은 종료.

"──3호 프레임 각성! 초전도 터빈, 회전 시작합니다!"

3호기 앞에서 아리야가 오른손을 들어 올렸다.

손바닥에 고리 모양의 빛이 떠올랐다. 오늘 아침 일찍 이쥬인이 '해킹'할 때와 마찬가지였다. 그녀도 나노 머신 이식자이기 때문이다.

아리야가 보낸 기동 명령을 3호 프레임이 제대로 수신했다.

허리 벨트 버클에 달린── 작은 바퀴가 천천히 돌아갔다. 이것이야말로 인조 아수라를 눈뜨게 하는 동력원이라고 한다. 이렇게 작은 사이즈인데도 발전소 하나보다 더 방대한 전력을 발생시킨다나.

"하지만 어마어마한 비기야……."

이쥬인이 작게 중얼거렸다.

"장착자를 대신할 사람이 없다면 남은 몸의 일부── 뼛가루를 DIY로 집어넣어서 프레임이 '안에 사람이 있다'고 착각하게 만들다니. 클로에 선생님은 '실체와 의식의 밑바닥에 있는 일곱 번째의 뭐시기가 어쩌고저쩌고'라고 했던가?"

"뼛가루에 영혼 같은 게 남아있었다…… 는 뜻인가? 아마도?"

"아뢰야식 이론에서 말하는 마나, 자아를 말해요."

유우의 엉터리 설명을 정정한 아리야가 아쉽다는 듯 덧붙였다.

"동력을 켜도 파워가 충분히 올라가진 않으니까, 움직임은 아주아주 느리지만요. 이래서는 도저히 실전에서 싸울 수 없어요."

거기서―― 유우는 고개를 갸웃거렸다. 몹시 작은 볼륨이긴 하지만, 어딘가에서 여자의 목소리가 귓가에 들려왔다. 심지어 아리야가 아닌 다른 사람이다.

그녀는 무척 아름다운 목소리로, 노래하듯이 시를 낭송하고 있었다.

가 버린 자여, 가 버린 자여, 이 세상 저편까지 가 버린 자여
완전한 도달자여, 그 각성에 행복있으라――

어째서인지 유우의 뇌리에 순간적으로 보호수면 포드에서 잠든 엘프 소녀가 떠올랐을 때.

3호 프레임의 허리에 달린 휠이 고속으로 돌기 시작했다!

"이, 이것도 아리야가 한 거야?!"

"아무 짓도 안 했는데요. 그래도, 잘 모르겠지만 실험에는 딱 좋아요!"

아리야는 감탄하면서도 척척 지시를 내렸다.

"3호 프레임을 밖으로 내보내죠. 유우 선배는 기본동작의 원격 어시스트를, 이쥬인 선배는 무기 관제를 어시스트해주세요. 색적이나 기타 등등은 이쪽에서 하겠습니다!"

유우와 이쥬인은 허둥지둥 HMD 고글을 썼다.

서바이벌 게임에라도 쓸 수 있을 법한 얇은 형태다. 하지만 양쪽 귀를 폭 가리는 스피커가 달려 있다. 고글 부분은 전부 헤드 마운티드 디스플레이(Head Mounted Display)다.

착용자의 시야에 각종 정보를 직접 표시해주는 것이다.

5

표고 300m의 고로가다케 꼭대기에서 인영이 뛰쳐나왔다.

밤하늘을 달리는 비행체의 이름은 아수라프레임 3호기.

공기저항이 존재하지 않는 것 같은 고속비행. 가속·감속도 기이할 정도로 **원활하다**. 급격한 방향 전환도 자유자재.

바닷가를 향해 날자 곧바로 수몰된 시가지의 상공에 도달했다.

그러는 동안은 거의 무음이었다. 엔진 소리 같은 건 거의 없었다. 그저 급가속할 때만 전신의 스러스터에서 제트 스트림을 분사할 뿐.

하늘을 달리는 결전 병기 안에 '사람'은 없다.

그럼에도 장착자가 있는 것처럼 활동하고 있다.

원격으로 조작하는 사람은 세 명의 소년·소녀였다. 소지한 50구경 대물 라이플은 격납고에서 적당히 꺼냈다.

"반중력 리프터로 나는 건 이런 느낌인 건가? 대단하다!"

이쥬인이 흥분해서 중얼거렸다.

"이것만 있으면 UFO를 만드는 것도 꿈이 아니라고 NASA의 기술자가 울부짖었다고 하잖아! 셔틀이나 로켓이 나설 자리가 없어!"

"망명 엘프가 가져온 재보들 중에서도 최고 랭크의 귀중품이에요!"

아리야도 기뻐하며 말했다.

"엘프는 지상 세계에 정착하면 마력을 잃어버리지만요. 국보급 매직 아이템은 별개예요. 그중에서도 중력 조작의 비보와 극소 사이즈의 초전도 터빈──《프레이어 휠》은 아직 지구에서는 재현할 수 없다고 엄마가 그러셨어요."

"응. 평소보다 움직임이 가벼워. 게임 같은 조작에 익숙한 것도 있지만."

이것은 유우의 감상이었다. 이쥬인이 바로 동의했다.

"총기 슈팅 게임이랑 비슷하다고 해야 하나, 그냥 그거야."

"오히려 적극적으로 흉내 냈을 가능성도 있죠⋯⋯. 이 어시스트 시스템은 TPS(3인칭 시점)에서 FPS(1인칭 시점)로 전환도 가능하거든요."

유우의 헤드 마운티드 디스플레이에 비치는 화면.

그것은 아수라프레임의 시각 카메라가 포착하는 리얼타임의 영상이었다.

단, 3호 자체의 등도 코앞에 비치고 있다. 덕분에 3호가 놓인 상황을 파악하기 쉽다. 이것이 3인칭 시점이다.

그리고──.

생각만으로도 원격조작을 실현하는 컨트롤러가 세 사람의 손에 있었다.

오른쪽 손바닥에 떠오른 고리 모양의 빛. 몸속의 나노 머신이 조작하는 사람의 의지를 아수라프레임의 움직임에 반영해주고 있다.

일단 입력을 하기 위해 태블릿 단말도 갖고 있다.

하지만 쓰지 않는다. '아무것도 없는 건 손이 허전하다'는 이유가 크다.

"반년 전엔 말이야. 같은 걸 하는 데 커다란 관제실이 필요했잖아?"

"그렇게 기술이 진보했구나. 대단하네."

옆에서 중얼거리는 이쥬인의 말에 유우가 대답했다.

HMD 고글을 착용한 세 사람은 서로의 모습이 보이지 않는다.

태블릿 단말을 들고 격납고의 바닥에 둥글게 둘러앉아 있다. 마치 방과 후 게임 모임이다.

아리야가 냉정하게 코멘트했다.

"기계가 아니라 조작하는 쪽이 진보한 거예요. 이 시스템 자체는 전에도 있었거든요. 하지만 나노 머신 적성이 높은 오퍼레이터가 없었죠. 최근에 요철 콤비 선배들의 적합 레벨이 상당히 올라갔잖아요."

"오오! 우리 셋이서 풀멤버 관제실과 같다는 거구나!"

"우리 엄마는 그런 관제실을 싫어하셨어요. 기계가 쓸데없이 많다면서요."

"이쥬인은 그렇다 쳐도, 나는 별거 없다고 보는데."

"아니에요. 3호 프레임의 기본동작이 꽤 좋은 느낌이에요. 그대로 부탁드릴게요. 아리야와 이쥬인 선배보다 확실하게 잘하세요."

운동 센스의 차이가 아닌가 하는 생각을 하면서 유우는 조작에 집중했다.

밤의 마이즈루시 상공——.

옛날과 달리 하계에는 민가의 불빛이 전혀 없다. 빛이라고 해봤자 가냘픈 초승달의 빛과 별빛뿐이었다.

하지만 프레임의 암시 센서는 양호하게 가동 중이다.

어둠은 어떠한 장해도 되지 않는다. 유우는 등과 다리 등 각 부위의 스러스터에서 제트 스트림을 분사하며 마음이 내키는 대로 날아다녔다.

하지만 점점 질렸다.

수몰에서 벗어난 공터를 발견했으므로 하강——.

마침 들개 무리가 있었다. 20마리 이상. 잡초가 마구 돋아난 공원을 보금자리로 삼은 모양이었다. 하늘에서 내려온 난입자에 개들이 아우성을 쳤다.

으르르르르르르르르르르르르, 워우우우! 월! 월! 월!

개들은 일제히 짖기 시작하더니 몸을 낮추고 공격 태세에 들어갔다——.

"쏘, 쏠까? 이치노세!"

"아니, 우선은 이쪽에서 할게."

이쥬인의 외침에 유우는 덤덤히 응했다.

어젯밤 직접 마주쳤을 때는 무서워서 움츠러들며 대치했으나, 유우는 3호 프레임의 각 스러스터에서 제트 스트림을 힘차게 방출했다.

슈우우————우우우우!

날기 위해서가 아니다. 반경 10m 내에 있는 들개를 전부 제트 스트림으로 날려버리기 위한 분출이었다.

제트 스트림은 강렬한 쇼크웨이브가 되어 개들의 전신을 뒤흔들었다.

날아간 들개는 꿈쩍도 하지 않은 채 지면에 누웠다. 지금 받은 충격으로 온몸의 뼈가 부서졌기 때문이다.

무사한 녀석들도 꼬리를 말고 빠르게 공터에서 도망쳤다.

유우는 한숨을 흘렸다.

"개한테는 최대한 친절하게 대해주고 싶은데…….."

"저렇게 흉포한 녀석들이니 어쩔 수 없잖아. 다른 사람들의 안전 확보와도 이어진다고."

"지금 들개를 보고 생각났어요. 동마이즈루의 쇼핑몰에 가보지 않으실래요? 그— 원숭이의 거처 부근에."

이동을 제안한 아리야가 위치정보를 보냈다.

유우의 헤드 마운티드 디스플레이에 작은 지도가 표시되었다. 그것을 의식에 넣고 '가자'고 염원했다.

바로 3호 프레임이 날기 시작했고— 겨우 십몇 초 후.

서마이즈루에서 10km 좀 못 되게 떨어진 거리를 횡단하여 동마이즈루 중심가에 있는 쇼핑몰 주차장에 내려섰다.

고속이동도 가능한 기체에게는 너무나 쉬운 점프였다.

근처에 있던 일본원숭이들이 부리나케 도망쳤다. 사람을 무서워하지 않게 된 야생동물들도 하늘에서 나타난 방문자에게는 놀라는 모양이다.

"이 근처에는 일본원숭이 무리가 살고 있었지."

이쥬인이 중얼거렸다.

"200마리가 넘으니 총으로 쓸어버리는 것도 어렵고, 위험해서 물자를 조달하러 가지도 못해. 뭐, 원숭이의 손으로 뜯을 수 있는 음식은 전멸했겠지만, 통조림이나 식료품이 아닌 도구는 아직 있지 않을까?"

"먹을 게 없어져서 산에 돌아가는 걸 기다릴 수밖에 없는 상황이었지만요."

아리야도 조금 적극적인 자세로 말했다.

"3호 프레임의 힘이 있다면 여유롭게 동물의 왕국으로부터 되찾을 수 있어요! 이 근방에서는 가장 큰 쇼핑몰이니까 수확도 크겠──어라?"

"왜 그래? 아리야."

"유우 선배, 경계해주세요. 원숭이치고는 유난히 큰 열원이 쇼핑몰 안에 하나, 둘……."

센서를 담당하는 아리야의 당혹스러워하는 목소리. 유우는 바로 지시를 내렸다.

"──이쥬인, 조명탄을 쏴 봐. 기본 장비에 있지?"

"그, 그런가? 오, 진짜다. 어디 보자."

3호 프레임의 왼쪽 어깨에서 빛 덩어리가 쏘아 올려졌다.

무기 관제를 담당한 이쥬인이 조작해서 띄운 빛이다. 빛 덩어리가 공중에서 터지며 대규모 쇼핑몰의 광활한 주차장이 하얀 섬광으로 뒤덮였다——.

"뭐, 뭐야! 저 녀석들은?"

대낮처럼 밝은 빛 속에서 유우는 경악했다.

5층짜리인 쇼핑몰 여기저기에 있는 창문을 쨍그랑 부수고, 건물 안에서 인영이 뛰쳐나왔기 때문이다. 심지어 10명 이상!

그들의 실루엣은 인간과 몹시 흡사했고, 일본원숭이보다 훨씬 컸다.

완전히 인간과 같은 사이즈다. 체형도 탄탄해서 고릴라와 비슷했다. 게다가——팔이 4개거나 아수라처럼 6개의 팔이 달린 개체까지 있었다.

이쥬인이 당황하며 소리쳤다.

"왜 일본에 고릴라가 있는 거야?!"

"아니에요, 선배! 인챈트 반응 확인. 아마도 **마법**에 걸린 일본원숭이예요!"

아리야가 바로 지적했다.

확실히 붉은 얼굴은 일본원숭이의 그것이었다. 이쥬인은 어안이 벙벙해졌다.

"마법? 진짜로?!"

"네. 모습을 바꿔서 자신의 부하로 만드는——. 그런 마법을

제1장 프로젝트 리버스 65

쓸 수 있는 크리처가 시내에 있는 거예요!"

"그럼 원숭이가 벌크업해서 고릴라급 사이즈가 된 거야?!"

그렇구나. 유우는 어제 본 들개를 떠올렸다.

다리가 8개인 개. 지구상의 생물로서는 이상한 모습. 그것도 아마 마법에 걸려 강제로 외모가 바뀌어버린 것이다!

다음 순간, 3호 프레임이 얻어맞았다.

고릴라 풍의 일본원숭이가 어마어마한 기세로 달려들어 공격한 것이다. 원숭이는 프레임의 머리를 노리고 주먹을 휘둘렀다.

역시 마법 강화 생물. 강화판조차 우그러뜨릴 법한 타격이었다.

아마도 진짜 고릴라보다 근력이 강할 것이다. 하지만──.

"3호 딱딱한데! 전혀 대미지가 없어!"

"저 피지컬이 달려드는데 꿈쩍도 하지 않다니 좋은데. 체간과 보디 밸런스도 뛰어난 모양이야."

신이 난 이쥬인. 유우도 감탄했다.

3호 프레임이 조금도 흔들리지 않는 반면, 때린 쪽인 고릴라 풍 일본원숭이는 아파했다.

휘두른 주먹이 손목부터 직각으로 꺾인 채 비명을 지르고 있었다.

원숭이는 무사한 쪽의 손으로 부러진 주먹을 누르고 지면을 뒹굴었다.

──쿠오오오오오오오! 오오! 오오! 오오!

거듭 절규를 지르는 고릴라 풍 일본원숭이를 보며 유우는 '발차기'를 떠올렸다. 3호 프레임은 발치에서 이리저리 구르는 표적을──.

도움닫기도 없이 인스텝 킥으로 날려버렸다.

전신을 편안하게 세우고 오른쪽 다리를 채찍처럼 휘둘렀다. 발등으로 직격.

유우가 상상한 대로 들어간 발차기에 맞은 거구의 일본원숭이가 총알처럼 날아갔다.

시속 100km는 나올 듯한 기세로 쇼핑몰의 벽에 격돌.

바닥으로 주르륵 떨어지고는 그대로 움직이지 않게 되었다. 벽에 혈흔이 끈적하게 남아있었다.

"3호의 파워라면 당연히 이렇게 되겠지……."

"위협도 없이 공격하다니── 영역을 어지럽히는 침입자로 보고 배제할 생각이었나 보군요. 이쥬인 선배, 단숨에 해치우죠."

"그, 그래!"

유우가 중얼거리고, 아리야가 지시하고, 이쥬인이 허둥지둥 대응했다.

완전히 협력 플레이로 게임을 공략하는 분위기였다.

세 사람의 HMD 고글 위에는 '고릴라 원숭이'가 7마리 있었다. 생각보다 강한 3호 프레임을 경계하는 건지 이번에는 바로 덤벼들지 않았다.

또 디스플레이의 표시범위 밖에서 접근 중인 9마리도 센서가 포착했고──.

다음 순간, 그 모든 것이 '사격 대상'으로 인식되었다.

"조준 설정 끝났습니다. 해치워주세요!"

"좋았어!"

그렇다. 3호 프레임은 50구경 대물 라이플도 장비하고 있다.

지금까지 중량이 15kg이나 나가는 중화기를 한 손으로 들고 날아다니고 있었다. 그 방아쇠를 담당하는 자가 이쥬인——.

타앙! 타앙! 타앙! 타앙! 타앙!

3호 프레임은 주위에 있는 고릴라 원숭이에게 잇달아 총구를 겨누며 12.7mm 탄환을 가차 없이 쏟아부었다.

강렬한 반동을 주는 화기인데도 전부 여유롭게 한 손으로 쏘고 있다.

계속해서 울려 퍼지는 총성. 그때마다 커다란 원숭이의 몸이 날아가고, 비틀렸다. 바늘로 풍선을 찌르듯이 총탄 한 방으로 한 마리씩 확실하게 사살해 나갔다.

——고작 1분 만에 토벌이 끝났다.

"좋아! 이제 쇼핑몰을 여유롭게 돌아볼 수 있어!"

"쌀 같은 게 무사했으면 좋겠는데. 요즘 식량 분배가 더 줄었잖아."

"쌀은 쥐도 노릴 테니까 아마 전멸일걸. 하지만 갓 지은 쌀밥은 최고지!"

"……어? 뭔가 상태가 이상한데요——."

남자 둘이서 기뻐하고 있는 가운데 아리야가 절박한 목소리로 외쳤다.

"마력 발생을 확인! 누군가가 마법을 걸었나……? 저, 저기 보세요!"

"으아아아아아아아아아악! 뭐, 뭐야! 저건?"

아리야와 이쥬인의 목소리는 거의 비명이었다.

──벌떡, 벌떡. 별안간 일어났기 때문이다.

사살했던 고릴라 원숭이들이 연이어서. 목 위가 날아간 원숭이도, 복부에 커다란 구멍이 뚫린 원숭이도, 심장째로 왼팔을 잃은 원숭이마저.

그러고는 천천히 걷기 시작했다. 자신들의 원수, 3호 프레임을 향해!

되살아난 고릴라 원숭이들은 자신이 흘린 피와 내장을 몸에 칠한 채 조금씩 접근해왔다. 하반신이 없는 원숭이는 상반신만 사용해 필사적으로 기어 왔다.

유우는 소리쳤다.

"이거 좀비 영화잖아!"

"네, 맞아요! 사용된 마법을 검출했습니다.《애니메이트 데드》, 가까이 있는 시체를 좀비 군단으로 바꾸는 마법이에요!"

"이게!"

유우의 의지에 따라 3호 프레임이 왼팔을 휘둘렀다.

대물 라이플을 들지 않은 쪽의 팔이다. 고릴라 원숭이, 아니, 이제는 고릴라 좀비의 얼굴에 주먹이 꽂히고 목 위가 날아갔다. 하지만.

목이 없는 고릴라 좀비는 그대로 3호 프레임에게 달라붙었다!

"안 돼, 이 자식 계속 움직여!"

"다, 달라붙었잖아. 으악, 한 마리 더?! 깨물고 있어!"

고릴라 좀비가 잇달아 3호 프레임에게 밀려들었다.

여러 마리가 달려들어 매달리고, 때리고, 장갑을 물어뜯는 좀비까지 있었다.

영화나 해외 드라마였다면 살과 뼈가 뜯겨나가 이쪽도 좀비 바이러스에 감염되어 그대로 엔딩이 나버렸을 것이다. 물론 3호 프레임의 장갑은 고릴라 원숭이의 이빨로는 1mm도 뚫리지 않았지만——.

"아까 그걸 한 번 더!"

유우는 3호 프레임에게 지시했다.

전신의 각 스러스터에서 제트 스트림을 분출.

어마어마한 돌풍이 360도 전방위로 뿜어져 나와 여러 마리의 고릴라 좀비를 한꺼번에 날려버렸다. 원래 시체인 괴물들이다 보니 충격으로 팔다리가 뜯어지기도 했다.

하지만 좀비 집단은 그런 손상조차 개의치 않아 하며——.

느릿느릿한 발걸음으로 3호 프레임을 향해 우글우글 다시 접근했다…….

"좀비라 그런지 끈질기네! 어떻게 하지? 이치노세!"

"대, 대(對)망자용 무기를 검색하겠습니다. 유우 선배는 시간을 벌어주세요!".

"……뭐지? 이 메시지는."

당황하는 동료들 사이에서 유우는 고개를 갸웃거렸다.

헤드 마운티드 디스플레이의 화면 중앙에 텍스트가 표시되었기 때문이다.

——Can I help you?

"잘 모르겠지만, 도와주면 고맙고!"
심플한 '도움이 필요한가?'라는 한마디. 발신인도 불명.
하지만 유우가 반사적으로 대답한 순간―― 헤드 마운티드 디스플레이의 가장 아래쪽에서 영어로 된 문장이 오른쪽에서 왼쪽으로, 어마어마한 속도로 흐르기 시작했다.

『Mantra Server Startup Complete. All PRAJNA Running.』
『System Now Booting. Spellbook "PRAJNA HEART SUTRA"….』
『Set Forth This Spell――GateGateParagateParasamgate Bodhisvaha….』

"아, 아리야는 아무런 조작도 하지 않았는데요?!"
당혹스러워하는 후배의 목소리를 뒤로 3호 프레임에 변화가 일어났다.
장갑으로 덮여있던 오른손―― 그 손바닥에서 반짝반짝한 빛의 입자가 대량으로 흘러넘쳤다. 아리야가 놀랐다.
"가변 나노 입자?! 갑자기 왜?!"
3호 프레임을 구축하는 나노 머신과 같은 걸까.

수수께끼의 입자는 바로 고체가 되더니 가늘고 긴 노란색 천 조각으로 변했다. 그것은 길이도 그렇고, 크기도 그렇고, '어떤 것'과 매우 흡사했다.

유우는 눈을 깜빡였다.

"노란색 머플러? 뭐지? 이건…… 앗, 벌써 왔잖아!"

몸 여기저기를 잃은 고릴라 좀비들이 다시 접근──.

또다시 여럿이서 3호 프레임을 제압하고 달라붙으려 했다! 유우는 반사적으로 '휘둘러!'하고 지시했다.

부웅! 오른손에 들린 노란 머플러로 한 좀비의 몸을 때렸다.

가늘고 긴 천 조각은── 젖은 수건처럼 좀비의 몸에 '철썩!' 하고 격돌했다. 그러자 고릴라 좀비가 **터졌다.**

죽지 못한 망자의 몸이 폭발한 것이다.

작은 살점과 내장 파편, 체액이 주위에 흩뿌려졌다!

"시체가 터졌는데?!"

"대, 대망자 무기일지도 몰라요! 어떻게 꺼낸 거죠, 유우 선배?!"

이쥬인과 아리야가 소란을 피웠다.

반면 유우는 조금 침착함을 되찾았다.

"이 머플러 같은 천이 무기가 된다면──!"

3호 프레임에게 지시했다. 휘둘러라. 휘둘러라.

철썩! 철썩! 철썩! 근처에 득실거리던 고릴라 좀비들을 향해 닥치는 대로 노란 머플러를 휘둘러 터트려 나갔다.

신기하게도 노란 머플러에는 살점도 체액도 묻지 않고 계속 깨끗함을 유지했다.

결국 3호 프레임은 고작 20초 만에 고릴라 좀비 십수 마리를 섬멸──. 하지만 한숨 돌릴 새도 없이 색적 모드가 발동했다.

유우의 디스플레이 오른쪽 구석에 위치정보가 작게 표시되었다.

"쇼핑몰 옥상……? 그쪽에 아직 적이 있다고?"

3호 프레임의 허리벨트──.

이 버클에는 작은 바퀴가 달려있다.

아수라프레임의 주동력을 담당한다는 초전도 터빈. 클로에 선생과 아리야는 《프레이어 휠(Prayer Wheel)》이라고 부른다.

그 바퀴가 힘차게 돌아갔다. 빙글빙글. 빙글빙글.

회전이 최고조에 달한 순간, 유우는 3호 프레임을 조종해 크게 점프했다.

5층 건물인 쇼핑몰 옥상을 내려다볼 수 있을 만큼 높은 곳까지 도달했다. 그곳에서 유우는 발견했다.

……'요정' 한 마리가 쇼핑몰 옥상 끄트머리에 서서 지상을 바라보고 있었다.

땅딸막한 체형에 두 팔은 땅에 닿을 정도로 긴데 다리는 극단적으로 짧다. 얼굴에 쓴 돌 가면은 아득한 비경(秘境)을 연상하게 만드는 디자인이었다.

나무 지팡이를 들고 모피로 된 옷을 입었으며, 목에는 끈이 달린 뿔피리를 걸고 있다──.

"크리처다! 저쪽 세계의 요정이야, 이치노세!"

"종족 검색 결과 나왔습니다! 고블린 아종 버그베어, 역시 마법을 쓰는 종족이에요!"

이쥬인과 아리야가 소리쳤다.

한편 유우는 디스플레이 위에 새롭게 뜬 메시지를 응시하고 있었다.

──I Have an Idea. You Should Select Mode: EXCALIBUR….

"가, 가능하다면 일본어로 부탁해!"

당황하며 말로 대답해버린 직후.

유우는 일본어로 된 속삭임을 들었다. 몹시 가련한 소녀의 목소리였다. HMD 고글에 달린 스피커에서 흘러나온 것이다.

『손에 있는 《성해포(聖骸布)》에서 발도해라. 여왕의 칼날이 당신의 것이 될 것이니.』

"거, 검을 뽑으라고? 알았어."

『그리고 내가 노래하겠다. 진정한 지혜, 프라즈나의 인도를 받아 이 세상의 저편으로 가는 자들에게 바치는 찬가를──. GateGateParagate' ParasamgateBodhisvaha….』

틀림없다.

각성 실험 중간에 들었던 목소리와 같다.

그녀는 중간부터 신비로운 노래를 흥얼거렸다. 재즈의 즉흥곡과도 비슷한, 가사의 의미를 잘 알 수 없는 노래를.

무척 경쾌한 노래인데도 어딘가 장엄하며 신성하다──.

"가스펠 코드?! 엄마가 보내주신 건가요?!"

아리야가 놀랐다.

3호 프레임의 오른손에 있는 '머플러'가 딱딱해졌다.

부드러운 천 조각이었는데 꼿꼿해지면서 금속처럼 단단해지고는── 마치 가늘고 긴 칼날처럼 변화하였다!

"이게 검인 건가!"

손으로 잡는 부위는 원통형이었다. 잡기 쉬워 보였다.

말 그대로 '검 자루'. 끄트머리도 어느새 뾰족한 칼끝으로 변했다.

"으아아아아아아아아아아압!"

유우는 반쯤 도박하는 기분으로 공격 의지를 드러냈다.

3호 프레임의 등에 달린 스러스터에서 제트 스트림이 분출되었다.

슈웅! 3호는 질풍과도 같은 속도로 급강하했다. 아래쪽에서 지팡이를 휘두르며 어떠한 마법을 걸고 있는 버그베어에게.

그것은 강렬한 전격을 꽂는 마법이었다.

하지만 아수라프레임의 장갑에 닿자마자 흩어져버렸다.

"3호에겐 마법도 안 통하는구나! 할 수 있겠어, 이치노세!"

"안티 매직 쉘이 기능한 거예요!"

응원하는 목소리가 들렸을 때는 이미 승부가 난 뒤였다.

도검 모드가 된 《성해포》라는 녀석이 버그베어의 몸통에 꽂혀서── 적 요정은 증발. 슈우우욱하는 소리를 내면서 기화하였다.

"원격조작으로도 좋은 움직임을 보여주었군! 게다가 저 장비!"

대령이 환한 얼굴로 박수갈채를 보냈다.

구 전망 타워 최상층에서 3호 프레임의 유사 각성 및 원격조작 실험을 지켜본 직후였다.

"예전 장착자 3호는 잘 쓰지 않았지만── 나쁘지 않군. 실전에서도 유효할 것 같네!"

"네. 《성해포》는…… 여왕의 이름으로만 하사되는 비보."

클로에 박사가 대답했다. 상대는 이해할 수 없을 것이라고 확신하면서.

"걸맞지 않은 자에게는 어지간해선 내려주지 않습니다. 예전 장착자가 사용을 허락받은 것은 고작 두 번뿐이었다고 기억합니다."

"으음……?"

"여하간── 3호 프레임 각성 실험 '프로젝트 리버스'. 이것으로 제2단계에 돌입할 수 있게 되었습니다."

전용 관제실에서 아수라프레임을 지켜볼 수 있었던 것은 벌써 먼 옛날이야기다.

지금은 데스크 위에 3D 영상을 입체 투영하여 3호 프레임이 움직이는 모습을 주위 풍경과 함께 재생하고 있다.

클로에는 은밀한 흥분을 느꼈다.

등 뒤를 힐끔 쳐다보았다. 보호수면 포드 안에서 푸른빛이 도는 검은 머리카락의 엘프 소녀가 아무 말도 하지 않은 채 잠들어 있었다. 눈꺼풀 한 번 깜빡이지 않았다.

하지만 조금 전, 소녀의 입술이 미약하게 움직이며 기포가 올라갔다.

새롭게 찾아낸 적합자에게 무어라 말을 거는 것처럼——.

이세계,

||||||||||| Fantasy has invaded,
Hero come back

타케즈키 조 JOE TAKEDUKI

[ILLUST.]
시라비

01

프로젝트 리버스

습격

하늘의 성, 또다시

1

원숭이 군단을 퇴치한 다음 날.

맑게 갠 오전, 이치노세 유우는 풀밭의 풀을 우물거리고 있었다.

"타케다 자식, 꽤 집요하단 말이지……."

유우는 풀을 퉤 뱉은 뒤 멍하니 중얼거렸다.

가설기지의 넓은 풀밭에는 건물이 여럿 세워져 있다. 그 건물 뒤편에 억지로 끌려온 것이 약 20분 전이었다.

유우 혼자 걷고 있을 때 타케다 병장에게 붙잡혔다.

타케다는 어제 클로에 선생님에게 방해받은 훈련을 마저 한다면서 유우의 뺨에 신나게 싸대기를 날렸다. 배에도 꽤 진심이 들어간 펀치를 꽂았다. 아주 자기 세상이었다.

마지막에는 끙끙 앓는 유우의 입에 풀밭의 풀을 쑤셔 넣었다.

계속 일어나지 못하고 땅바닥에 누워있었다. 풀 비린내와 흙의 텁텁한 맛이 입 안에서 사라지질 않는다. 타케다의 아무 생각도 없어 보이는 눈빛이 지금 떠올려도 끔찍하다——.

"그 자식, 점점 노골적으로 저지르게 되었단 말이야."

예전에는 더 음습하게 괴롭힐 때가 많았다.

사람들로 에워싸서 팬티를 벗기고 잡초를 먹으라고 강요하거나, 라이터의 불꽃을 들이대는 등. 하지만 최근에는 바로 손을 올리게 되었다.

노골적인 폭력이 문제가 되지 않을 만큼 기지의 규율이 엉망이 되었기 때문이다.

……아픔이 잦아들었다. 유우는 그제야 상반신을 일으켰다.

앉은 채로 건물의 벽에 등을 기대 한숨을 쉬고 있을 때였다.

"나보다 심하게 당한 모양이네?"

"이쥬인이냐. 뭐, 어제 하던 걸 마저 하겠다고 했으니 말이야……."

비만 친구가 찾아왔다.

아무래도 가벼운 '배 펀치'만 당하고 해방된 건지, 이쥬인은 퉁퉁한 배를 왼손으로 누르고 있긴 했지만 여기까지 자기 힘으로 걸어온 모양이었다.

이쥬인도 옆에 앉았다.

결국── 둘이 나란히 벽에 기대 멍하니 푸른 하늘을 바라보았다.

"여기는 진짜 끔찍해……."

"맞다, 이치노세. 그저께 본 아저씨, 아까 군대에게 잡혔더라."

"어? 왜?"

"그게, 식량을 훔치러 기지에 숨어든 모양이야."

"맞는 정도로 끝나면 좋겠는데……."

전원의 마음이 황량해진 상태다. 처참한 린치가 선을 넘어서 살인으로──. 유우는 거기까지 상상하고 우울해졌다.

"우리의 탈주계획도 신중하게, 들키지 않도록 진행해야 해."

"이쥬인의 가족은 큐슈에 갔을 가능성이 크다고 했던가?"

"어. 마지막에 연락했을 때 그렇게 말했어. 우리는 마침 칸사이에 있으니까, 역시 가장 먼저 목적지로 삼을 곳은 후쿠오카야."

"그렇게 하자. ……하지만 사실은 군인 말고 다른 사람들을 다 데리고 탈출하고 싶어."

"그러니까. 하다못해 아리야와 클로에 선생님 정도는 함께……."

이쥬인이 멍하니 중얼거렸을 때.

누군가가 다가왔다. 이쥬인과 유우는 바로 입을 다물었다. 들리진 않았을 터이다. 그렇게 생각하면서도 가슴이 두근거렸다.

나타난 사람은── 미아를 찾으러 갔을 때의 그 젊은 어머니였다.

"……열심히 해. 늘 고마워."

그녀는 그 말만 하고 바로 떠나갔다.

지금은 귀중품이 된 캔커피 두 개를 중학생 두 명 앞에 내려놓고. 분명 타케다가 괴롭히는 장면을 보았을 것이다.

캔을 따고 한 모금. 찢어진 입이 쓰라렸다. 하지만 달다. 눈물이 찔끔 나왔다.

유우는 작게 중얼거렸다.

"가능하다면 무언가 옳은 걸…… 사람들에게 도움이 되는 걸 하고 싶어."

"거기에 도움이 될지 아닐지는 모르겠지만."

이쥬인이 갑자기 입을 열었다.

"그 잠들어 있던 엘프 여자애── 클론 엘프의 정보를 손에 넣었어."

1시간 뒤. 유우는 혼자서 연구동의 복도를 걷고 있었다.

클로에 선생에게 호출을 받았기 때문이다. 할 이야기가 있으니 점심시간 전에 와 달라고 했다. 복도를 걸으면서 방금 막 들은 정보를 떠올렸다.

『어젯밤에 3호 프레임을 원격조작하면서…… 연구동 컴퓨터에도 숨어들었거든. 기밀 같은 정보를 보고 왔어.』

이쥬인은 천연덕스럽게 해킹 행위를 보고했다.

『《클론 엘프》는, 말하자면 '살아있는 액세스 포인트'래.』

『텔레파시 같은 능력을 가진 엘프의 클론인데, 그 힘으로 아수라프레임을 특별한 클라우드 데이터와 교신하게 해준다나 봐. 그렇게 하면 확장기능── 주로 마법과 관련된 파워를 해방할 수 있대.』

『……설명이 어렵다고? 미안. 엘프 선생님들이 쓰는 전문용어 투성이라서 이해하지 못하는 부분이 많았어.』

『하지만 클로에 선생님과 아리야도 아군으로 삼고 3호 프레임과 클론 엘프도 데리고 탈출할 수 있다면── 엄청 편해질 거야. 그야말로 피난민을 전원 지키면서 여행할 수도…….』

유우는 이쥬인의 아이디어를 듣고 흥분한 마음을 타이르면서 문을 열었다.

"……실례합니다."

연구동 3층에 있는 클로에 선생의 개인실.

참고로 여기는 연구실이다. 바로 옆에 있는 큰 방이 선생과 아리야의 생활 공간이다. 클로에 선생은 현재 혼자서 창가에 서 있었다.

"저에게 하실 말씀이 뭔가요?"

"유우. 너 어제 천공장서 위성 데이터 아카이브와 교신했지?"

"네?"

선생이 오른손을 슥 휘둘렀다.

연구실의 넓은 책상 위에 입체영상이 투영되었다.

어젯밤 3호 프레임이 《성해포》를 도검 모드로 바꾼── 그때 의 광경을 소형 드론으로 촬영한 것이었다.

"로그도 남아있고…… 무엇보다 《성해포》의 해방은 천공장서 에 액세스하지 않으면 절대 불가능한 기능이야."

"그런가요?"

"그래. 예전 장착자도 고작 두 번밖에 발동하지 못했던 기능 이지."

"네……."

"그걸 원격조작으로 성공했다니……. 어떤 수를 쓴 걸까?"

선생이 얼굴을 똑바로 바라보자──.

난처해진 유우는 무심코 시선을 돌렸다.

연구실이라는 것치고 클로에 선생의 방은 물건이 적다.

책상 위에 얇은 모니터와 키보드가 있는 게 고작으로, 마우스 조차 없다. 서류와 자료, 전문서 등은 일절 놓여있지 않았다. 전 부 데이터화했기 때문이다. 필요하다면 2D · 3D 영상이나 홀로 그램으로 투영한다.

이 방은 실내 전체가 모션 조작에 대응한 컴퓨터인 셈이다.

덕분에 멋들어진 가구와 물건 정도밖에 없어서 마치 쇼룸 같았다. 연구동은 전기도 우선적으로 사용할 수 있기 때문에 쓰레기장 같은 피난소와는 천지 차이였다.

그리고 아름다운 방의 아름다운 주인이 중얼거렸다.

"그 반응을 보면 유우는 아무것도 모르는 모양이네."

"죄송합니다. 잘 모르겠지만 멋대로 그렇게 되었거든요."

"여왕님…… 아니, '공주님'에게 인정받았다는 걸까?"

클로에 선생이 무의식인 듯 중얼거렸다. 유우는 바로 물어보았다.

"그거, 옛날 전망 타워에 갇혀있는 여자애를 말하는 건가요?!"

"……그녀에 대해 네가 어떻게 아는 거니?"

"앗. 그게. 죄송합니다."

유우는 반사적으로 사과했다.

클로에 선생은 어깨를 으쓱한 뒤 툭 말했다.

"이유는 상상이 가니까 설명은 됐어. 최근 너희들의 나노 적합률이 많이 올라갔으니까, 슬슬 이쪽의 관리도 통하지 않게 되겠지."

"아리야와 이쥬인에 비하면 저는 별거 아닌데요."

"수치만 놓고 보면 그렇겠지. 하지만, 어쩌면……."

선생은 거기서 입을 다물고 백의의 주머니에서 카드키를 꺼냈다.

"줄게. 괜찮다면 공주님—— 그분을 만나러 가줘."

"괜찮은 건가요?!"

"그래. ……만약 유우와 그분이 만나서 무언가가 일어난다면. 이런 곳에서 계속 그분을 지키고 있을 필요도 없어지거든."

클로에 선생이 장난기 있게 웃었다.

"너희와 같은 계획을 내가 생각한 적이 없을 것 같니?"

클로에 선생도 가설기지 탈출을 검토하고 있었다.

그 사실을 안 유우의 발걸음은 가벼웠다. 선생과 아리야도 계획에 가담한다면 '기지 탈주!'를 주저할 이유는 사라진다.

얼마 후 옛 전망 타워에 도착했다. 정면 현관의 입구다.

클로에 선생에게 받은 카드키를 슬릿에 꽂고 내리긋자―― 문이 열렸다.

"……열렸다."

어제도 숨어들어온 타워 내부는 오늘도 인기척이 없었다.

유우는 바로 엘리베이터에 타서 최상층으로 향했다. 주저 없이 보호수면 포드에서 잠든 엘프 소녀 앞으로 걸어가서는――.

"이 아이…… 클론 엘프는 결국 뭔 거지?"

『인간과 엘프가 만들어낸 아수라에게 지혜의 열쇠를 맡기는 자다. 그러는 김에 배회하는 당신에게 길을 제시하는 것 정도는 해줄 수 있다.』

틀림없는 소녀의 목소리. 유우는 '으악?!' 하고 나자빠질 뻔했다.

이곳 전망실엔 자신밖에 없는데 누군가가 귓가에서 속삭였다.

오른손을 펼치자 손바닥에 빛의 고리가 떠 있었다. 체내의 나노 머신이 기동한 증거다. 이치노세 유우의 몸에 녹아든 나노 세포를 매개로 방금 전의 목소리가 유우의 청각에 전달된 것이다.

그것을 보낸 이는 아마도── 유우는 보호수면 포드를 바라보았다.

"역시…… 네가 말하는 거야?"

『그래. 당신을 계속 기다리고 있었다. 운명의 상대를──.』

포드 안에 있던 소녀가 마침내 눈꺼풀을 떴다.

길쭉한 아몬드 모양의 눈매. 엘프족의 특징이 진하게 드러나 있다. 눈동자의 색은 선명한 파란색. 하지만 무엇보다도 유우의 시선을 사로잡은 것은.

소녀의 눈동자에 깃든 패기, 강력한 눈빛이었다.

2

"운명의 상대? 내가? 너의?"

『그렇다.』

엘프 소녀의 입술이 미약하게 움직이며 포드 안의 액체에 거품이 뽀글뽀글 올라왔다. 하지만 목소리는 없다. 그럼에도 유우의 청각은 청량한 미성을 뚜렷하게 인식했다.

『당신이야말로 나의 미래의 남편. 드디어 만난 운명의 연인. 우리는 전생에서도 영원한 사랑을 맹세한 사이──.』

"그, 그런 거야?!"

『……인지는 모르지만, 어쨌거나 감이 왔다. 당신이야말로 운명의 상대라고.』

유우는 소녀가 씩 웃었다고 느꼈다.

반쯤 놀리기 위한 농담이었던 모양이다. 하지만 타케다 병장의 괴롭힘과는 달리 그녀의 뻔뻔한 말투는 기분이 상쾌했다.

『나는 아인이라고 부르도록.』

"응. 너는…… 클론 엘프라고도 불리는 것 같던데."

『그런 모양이더군. 사실 나 또한 위대한 목적을 위해 '만들어진 생명'이다. 하지만 그보다도 지금은── 당신의 이름을 알려다오.』

아인이 단도직입적으로 물었다.

『나와 운명을 함께 할 자의 이름을.』

"이치노세 유우. ……너와 무언가를 할 생각은 아직 없지만."

『하지만……. 내 감이, 적중률이라는 점에서는 프라즈나의 지혜에도 필적하는 나의 직감이 그렇게 고했다. 유우, 당신이야말로 나의 맹우── 폭풍의 왕이 될 세 번째 아수라를 맡기기에 적합한 인물이라고.』

"맹우? 3호 프레임을 말하는 거야?"

상대의 의미심장한 말투에도 조금 익숙해졌다.

유우가 추리하자 클론 엘프 아인은 바로 긍정했다.

『그렇다. 하지만 그 전에 묻겠다. ──왜 나를 똑바로 보지 않는 것이지?』

"보면 안 되잖아. 여러모로!"

아인이라 이름을 밝힌 소녀는 아직도 알몸이기 때문이다.

보호수면 포드 내부에는 물처럼 투명한 액체로 가득 차 있고, 그녀는 그 안에 둥둥 떠 있다. 늘씬한 나신을 숨겨주는 것이 전혀 없다.

실제 나이는 모르겠지만, 겉모습은 유우와 거의 또래.

가슴도 곱게 부풀어있고, 분홍빛의 작은 유두는 가련하기까지 하다. 보기 좋지 않은 체모는 거의 없고, 배보다 더 아래쪽도 훤히──.

유우는 차마 그런 그녀를 무례하게 쳐다볼 수가 없었다.

그렇다고 목 위에만 시선을 고정하는 것도 어렵다. 아인의 빛나는 눈동자를 직시하면 가슴이 두근거린다.

커다란 눈동자에── 빨려 들어갈 것 같다는 느낌이 들어서.

『나를 봐라, 유우. 당신에게 모든 것을 바치고자 하는 소녀의 모습을.』

"말투! 누가 들으면 오해할 거야!"

『아니. 운명의 상대라는 것은 몸도 마음도 당신에게 바칠 가능성이 크다. 내 말은 완전한 허구가 아니야.』

툭툭 대화를 주고받으면서 유우는 신기해했다.

유우는 낯을 가리는 편도 아니지만, 결코 사교적인 성격도 아니다.

그런데 지금 갓 대화를 튼 소녀와 급속도로 친하게 대화를 주고받고 있다. 상성이 좋은 걸까── 아니. 유우는 막연하게 부정했다.

오히려 아인의 털털함, 침착함, 인덕 같은 무언가가 큰 영향을 미치는 것 같았다.

아마 그녀는 인간적인 매력으로 넘치는 존재일 테니…….

결국 체념한 유우가 그녀의 얼굴(만)을 정면으로 쳐다보려고 했을 때.

『……누군가가 온다. 숨어라, 유우. 나도 '잠든 척'을 할 테니.』

"아, 알았어."

이 전망실에는 케이블이나 나무상자가 가득하다.

유우는 적당한 상자 뒤에 몸을 숨겼다.

곧바로 누군가가 계단을 통해 최상층까지 올라왔다. 50대의 남성 두 명. 가설기지의 보스인 대령과 그의 부관이었다.

두 사람은 똑바로 보호수면 포드 앞까지 왔다.

아인── 다시 두 눈을 감은 엘프 소녀의 아름다운 나신을 두 명의 군인이 뻔뻔하게 훑어보았다.

"그나저나 잘 모르겠군요."

머리가 벗겨진 부관이 히죽히죽 웃었다.

"클론 엘프라고 하던가요? 아수라프레임의 관제 AI에 왜 이런 생체부품이 필요한 건지……."

50대 중반인 부관은 아인의 몸에 끈적한 시선을 보냈다.

둥근 유방이며 가장 숨겨야 할 고간조차 실실 웃으면서 감상하고 있었다. 신사와는 거리가 먼 행동에 유우는 짜증이 치밀었다.

한편 상관인 대령은 아무래도 상관없다는 듯 대답했다.

"아무래도 좋다. 중요한 것은 하나. 이게 여기에 있는 한 그 엘프 여자는 우리에게 협력해야만 한다는 사실이지. 클로에 박사는 3호 프레임만이 아니라 이 클론에게도 아주 신경을 쓰는 모양이니까."

"클론 배양으로 얼마든지 만들 수 있는 생체부품이 아닌 겁니까?"

"대량생산할 수 있는 게 아닌 것 같더군. 전 세계에도 소수만 존재하는, 엘프의 모습을 한 생체 컴퓨터……. 그런 물건인 모양이다."

"아쉽군요. 아직 젊은 여자이니, 부하들에게 주면 사기도 오를 텐데 말입니다."

반쯤 농담인 건지 부관이 헤실헤실 웃었다.

자신의 추악함을 자각하지 못한 자의 순수함이 얼굴에 드러나 있었다. 반면 대령은 엄격한 얼굴이었다. 발언의 내용은 오십보 백보지만.

"물론 병사들의 사기는 중요한 과제지만, 적당히 해두도록. 18살 미만의 여자까지 그런 대상으로 삼는 건 풍기문란의 근간이── 아니, 잠깐. 이 클론은 몹시 오래 산다는 엘프의 몸이지. 나이도 겉보기와 일치한다고 볼 수는 없나……."

"이 여자도 생긴 건 이렇지만 클로에 박사에 뒤지지 않을 만큼 노파일지도 모르죠."

"박사는 지금 300살을 넘겼다고 하더군. 역시 괴물의 동료야."

"하하하. 할머니도 그런 할머니가 없군요."

차마 들어줄 수 없는 대화였다.

유우는 뱃속에 뜨거운 무언가가 쌓여가는 것을 느꼈다.

아마 이것은 분노다. 성별이나 민족, 종족이 다르다는 이유만으로 타인을 존중하지 않아도 괜찮다고 생각하는 두 사람을 향한 분노.

유우는 고민했다. 지금 가장 현명한 행동은 무엇일까?

어른들이 떠나는 걸 기다린다. 그 후 탈주 계획을 다시 짠다. 아인을 보호수면 포드에서 꺼내 데려가기 위해서. 하지만.

『가능하다면 무언가 옳은 걸…… 사람들에게 도움이 되는 걸 하고 싶어.』

자신이 입에 담은 말이 유우를 움직였다.

여기서 분노를 드러내지 못하는 자가 앞으로 무슨 일을 할 수 있겠는가.

상자 뒤에서 나와 두 어른 앞으로 성큼성큼 걸어 나왔다. 그들과 아인이 잠든 보호수면 포드 사이에 끼어들어──.

어른들의 시선 앞에 자신을 드러냈다.

자신의 몸을 '벽'으로 세운 것이다. 알몸인 아인을 가리기 위해서.

"뭐냐, 너는?! 왜 여기 있는 거지?!"

"근로봉사 학생인가."

고압적으로 소리치는 부관 옆에서 대령이 중얼거렸다.

그는 이런 상황에서도 유우와 이쥬인이 소년병이라는 사실을 인정하지 않고 비겁한 말장난으로 얼버무리려고 했다.

이제 어떤 엄벌을 받는다고 해도 상관없다.

유우는 마음속에 담아둔 말을 외치려고 했다. 당신들은 정말 지긋지긋해!

『……무언가가 온다, 유우! 그것을, 성해포를 써라!』

소리치기 직전, 아인의 경고를 들었다.

바로 격렬한 충격을 느꼈다. 구 전망 타워 전체를 흔들고 철근 콘크리트로 된 천장이 무너질 정도로 강력한 충격.

고열과 불꽃이 밀려들고 어마어마한 대폭발이 일어났다.

격동 속에서 유우의 오른손 손바닥에 고리 모양의 빛이 떠오르고── 그곳에서 나노 입자의 광채가 뿜어져 나왔다.

잠시 기절했던 모양이다.

퍼뜩 정신을 차렸을 때, 유우는 부드러운 천 안에 있었다. 노랗고 포근한 섬유가 시야를 가득 채웠다──.

"뭐, 뭐야? 이거."

『성해포가 당신을 감싸서 지켜주었다. 역시 대단하군, 유우.』

"그런 지시는 내린 적 없는데……."

『그렇다면 더 대단하다. 당신을 지키기 위해 성해포가 자발적으로 모습을 드러내 상황에 걸맞은 형태를 취한 것이니까. 역시 내 눈에 들 만하군…….』

청각에 닿는 아인의 찬사. 하지만 모습은 보이지 않는다.

노랗고 보드라운 것이 유우에게 밀착해 있어서 바깥 상황을 알 수 없었다.

"성해포라면 3호 프레임의 장비잖아? 왜 나한테 있는 거야?"

『내가 유우에게 '내렸기' 때문이다. 일시적으로 빌려주는 것만이 아니라, 당신과 함께 살고 당신이 죽는 최후의 날까지 모시도록.』

"황당한 일이 다 일어났네……."

호신용 '천'은 알아서 풀렸다.

노란색 머플러가 기본형인 성해포가 자신의 사이즈를 늘려서 유유의 전신을 빙글빙글 휘감은 것이었다.

풀리면서 머플러 모양으로 돌아가 그대로 사라졌다.

하지만 성해포의 편리함에 기뻐하고 있을 여유는 없었다.

이치노세 유우의 주변은 '지옥'으로 바뀌어있었다. 전망 플로어의 벽과 유리와 천장이 대부분 폭발로 날아가 버렸다.

크고 작은 잔해가 굴러다니며 흩어져 있었다.

아마──폭격을 받은 것이다. 여기저기 불의 흔적이 남아있다.

게다가 악취. 인간의 살과 뼈가 통째로 타버린 냄새. **오랜만에** 맡았다. 아니나 다를까, 바로 옆에 두 개의 불타버린 시체가 굴러다니고 있었다.

"아아……."

유우는 멍하니 중얼거렸다.

검게 탄 군복을 입은 시체가 둘. 대령과 부관은 허망하게 죽어버린 모양이다. 사인은 포탄도, 미사일도 아니고──.

"결국 적이…… 크리처들이 온 거구나……."

고로가다케 정상에 있는 전망 플로어.

유리와 벽이 깨끗하게 날아가자 전망은 한층 좋아졌다.

머리 위에는 에메랄드색으로 빛나는 오로라가 흔들리고 있다.

그리고 최근에는 먼 신기루처럼 얼핏얼핏 보이던 《포털》──하늘에 떠 있는 거대한 돌 위의 마성(魔城)도 상당히 가까운 곳에 떠 있었다.

고작 7, 8m 앞을 드래곤이 날아갔다.

붉은 드래곤. 박쥐와 비슷한 날개로 힘차게 날갯짓하며 하늘이 자기 것인 양 날아다닌다. 코끝부터 긴 꼬리 끝까지, 대략 30m는 될 것이다.

드래곤이 하늘에서 지상을 향해 작열의 불꽃을 뿜어냈다.

쿠워어어어어어어어어어어어!

어마어마한 분출음. 이 '파이어 브레스'에 전망 타워도 당한 것이다. 지상에서 끔찍한 비명이 들려왔다.

"끄아아아아아아아아아아아아아아아아악!"

누군가가 타 죽었다. 굵은 남자의 목소리였다.

유우가 이쥬인이 아니기를 기도한 그때, 청각에 목소리가 닿았다.

『나가라자의 붉은 일족인가. 하지만 어리군. 적룡 중에서는 잔챙이다.』

"아인!"

뒤를 돌자 보호수면 포드는 간신히 모습을 유지하고 있었다.

표면의 유리와 비슷한 강화 소재엔 여기저기 금이 가 있지만, 안에서 잠든 아인은 상처 하나 없다. 하지만 금이 간 곳에서 안에 차 있던 액체가 흘러나왔다.

쨍그랑!

결국 유리 같은 소재는 단숨에 깨지며 이리저리 흩어졌다.

수수께끼의 액체도 사방으로 퍼졌다. 오직 전라의 아인만이 무사했다.

"밖으로 나오는 순간이—— 이런 형태로 오게 되다니."

아인은 가볍게 점프하여 보호수면 포드의 잔해에서 뛰쳐나왔다. 어지럽게 쌓인 잔해 위에 고운 맨발로 내려선 것이다.

3

전망 플로어에 산더미처럼 쌓여있던 나무상자.

그중 하나는 안이 반쯤 타버렸지만 군화가 많이 들어가 있었다. 유우는 그 군화를 아인에게 신기고 자신의 윗옷도 빌려주었다.

검은 스탠딩 칼라 교복 재킷이라도 걸쳐서 어떻게든 피부를 가리게 했다.

가슴둘레가 크기 때문에 단추를 전부 잠글 수 없었고, 눈부신 맨다리며 허벅지는 여전히 훤히 드러난 상태였지만…….

"유우. 아직도 나를 제대로 바라보지 않는군."

"입은 게 아직 부족해서 그래!"

높이 30m였던 전망 타워의 최상층.

유우는 잔해와 철골, 유리 파편을 뛰어넘으며 구석까지 갔다. 한 걸음만 더 가면 하늘에 다이빙하게 되는 아슬아슬한 장소다.

전망은 최고였다. 이 타워만이 아니라 주위도 '지옥'이 되었다

는 걸 바로 알 수 있었다.

──레드 드래곤이 불을 뿜으면서 날아간다.

──마침내 도래한 천공의 성《포털》. 거대한 돌 위에 세워진 요새는 유우가 있는 타워에서 1km도 떨어지지 않은 허공에 떠 있다.

──지상에도 트롤 병사가 30, 40마리 정도 날뛰고 있다. 심지어.

"피난소가 타고 있잖아?!"

100명이 넘는 피난민이 생활하던 창고가 성대하게 타오르고 있었다. 드래곤이 뿜은 불꽃에 당한 걸까.

보아하니 여러 개의 '불꽃 덩어리'가 하늘을 자유롭게 떠다니고 있다.

불의 정령을 소환한 것이다. 드래곤과 함께 방화 요원으로 활약하고 있었다.

반대로 역시 마법보다는 힘에 맡겨서 날뛰는 것이 트롤족의 특기. 그들은 인간의 키보다 더 긴 도끼와 검을 휘두르면서 군인이고 피난민이고 할 것 없이 베고, 썰고, 신나게 살육을 반복했다.

"젠장! 이제 와서 왜── 왜 이런 짓을 하는 거야!"

유우는 견디지 못하고 외쳤다. 자연스럽게 눈물이 흘렀다.

들릴 리도 없는데, 목소리를 한계까지 키워서 아래쪽 지상을 향해 외쳤다.

"이쥬인! 아리야! 선생님! 다들 어디 있어?!"

"당신의 친구들을 말하는 거지? 유우. 그렇다면 서두르도록."

아인이 옆으로 와서 말했다.

"아래로 내려가 눈앞의 수라장에서 친구를 구해라. 이 탑도 언제까지 버틸 수 있을지 모른다!"

"알았어!"

구하라고 해도 이치노세 유우는 아직 중학생이다.

전투도 구조도 모른다. 하지만 유우는 충동이 등을 떠미는 대로 달리기 시작했다. 계단을 성큼성큼 뛰어 내려가 복도를 달리고 현관으로.

기록적인 속도를 발휘하며 구 전망 타워의 밖으로 나왔다.

놀랍게도 원래 다리가 빠른 유우가 진심을 발휘해 뛰었는데도 아인은 그 속도에 따라왔다.

그녀의 날렵한 달리기는 마치 영양 같았다.

"유우. 당신의 친구가 있을 법한 장소를 아나?"

"그러니까── 아마도 이쪽!"

여기서부터는 적도 있다. 여기저기에 불이 붙었고 희생자의 시체도 굴러다닌다.

주위를 조심하면서도 몹시 빠른 속도로 달렸다. 고로가다케 정상에 있는 건물은 대부분 불꽃에 휘감겨 있었다.

드래곤은 사람이 모인 곳을 적확하게 노리며 공격했다.

활활 타는 건물 안에는 아마 많은 사람이 타 죽었을 것이다. 마침 점심식사 시간이었으니 피난소는 식량 배급을 기다리는 사람들로 우글거렸을 텐데──.

"어?!"

"처참하군. 어린아이까지 가차 없이 해치다니."

놀란 나머지 유우는 발을 멈췄고, 아인도 따라서 멈췄다. 트롤의 짓인 모양이었다. 수많은 시체가 산을 이루며 쓰러져 있었다.

심지어——.

아직 불꽃의 세례를 받지 않은 벚나무. 그 가지 중 하나에 남자아이가 걸려 있었다. 굵은 나뭇가지 끝에 옷을 걸어놓았다.

남자아이는 왼쪽 다리가 송두리째 **뜯겨나가** 죽어 있었다.

절단면이 우둘투둘한 것이, 억지로 뜯어낸 것처럼 보였다.

"어째서 이런 짓을!"

"당신들이 말하는 '트롤'은 악식(惡食)이니까……."

아인이 끔찍하다는 듯 말했다. 유우는 상상했다.

흉포한데다 사람을 잡아먹기까지 하는 트롤이 한 소년을 '맛있겠다'고 생각하고, 전투 중이니 간식 삼아 다리만 뜯어먹은 뒤에 가지에 매달아 놓았다…… 는 것을.

심지어 아이는 낯이 익었다. 이 남자아이는 분명 6살.

그저께 밤, 미아가 되었다가 유우와 이쥬인이 찾아낸 남자아이다.

"세상에……."

현기증을 느낀 유우는 시선을 땅바닥으로 내렸다.

그곳에는 두 명이 더, 차가워진 몸으로 쓰러져 있었다. 조금 전에 캔커피를 준 젊은 어머니와 그 품에 안긴 2살 남자아이. 어떤 마법으로 살해당한 건지 외상은 보이지 않았다. 하지만 둘

다 어마어마하게 괴로워하는 표정이었다.

유우는 흐르는 눈물을 멈출 수 없었다.

"이런 건—— 이제 지긋지긋해. 도쿄도 그렇게 되었는데……."

작년 6월. 직하형 지진과 대수해가 도쿄를 덮쳤다.

멈추지 않는 비. 범람하는 강. 바람도 매섭게 휘몰아치는 것이 태풍 같았다. 연안은 바다에서 밀려든 해일에 휩쓸려 특히 심각했다. 심지어 물에는《물의 정령》까지 숨어들어서 수많은 사람을 물속으로 끌고 가 익사시켰다. 길 위의 물웅덩이조차 위험했다.

비는 약 한 달 가까이 멈추지 않았다. 정확한 희생자 수는 불명. 도쿄도의 주민만으로도 최소 5백만 명, 어쩌면 1천만 명 이상이라고 추측되며 유우의 가족도——.

"유우. 무기는 있나? 없다면 성해포를 준비해라."

아인이 경고했다. 유우는 퍼뜩 얼굴을 들었다.

전투 도끼를 든 트롤 한 마리가 이쪽으로 오고 있었다. 검댕과 피로 더러워진 갑주를 입은 그놈은 전에 마주친 들개와는 비교도 되지 않을 만큼 흉악해 보였다.

트롤이 번들거리는 눈으로 노려보았다. 유우의 전신이 움츠러들었다.

공포. 살해당하는 공포. 그리고 작은 분노. 이런 놈들에게 죽어줄 수 없다는 반골 기질과 분노.

다리가 부들부들 떨리고 힘이 들어가지 않는다. 그래도 트롤을 마주 노려보며——.

타앙! 총성이 울렸다.

영락없이 시체인 줄 알았던 병사가 89식 소총을 쏜 것이다.

엎드려서 쓰러진 자세로 총구만 간신히 적의 등에 겨냥하고.

총탄을 맞은 트롤이 쓰러졌다. '미사일'을 막는 마법이 운 좋게 풀려있었던 모양이다.

"가, 감사합니다── 어?!"

"뭐야, 너냐……. 기껏 구해줬더니만……."

그 말을 끝으로 구세주는 숨을 다했다.

타케다 병장. 실컷 유우와 이쥬인을 괴롭힌 남자. 이쥬인과 함께 '그 자식 죽었으면 좋겠어', '뒤에서 쏴버릴 거야' 같은 말을 해왔었다. 그의 몸에서 마지막 힘이 빠지고 이번에야말로 정말 시체가 되었다.

보아하니 타케다도 그 외의 시체도── 점점 피부가 검푸르게 변해갔다.

"독이군. 마법으로 독이 실린 바람을 보낸 거다. 여기에서 벗어나는 게 좋겠어."

아인이 권했다.

독의 성분이 공기 중에 남아있을 것을 염려한 모양이었다.

유우는 고개를 끄덕이고 다시 달리기 시작했다. 아직 눈물이 멈추지 않는다. 그래도 끊임없이 달렸다. 이번에는 주위에 한눈 한 번 팔지 않고 전력 질주했다.

그리고 아인을 데리고── 마침내 도착했다.

어마어마한 불꽃에 휩싸인 제4 연구동. 붕괴하는 건 시간문제일 것이다.

하지만 유우의 목적지는 그곳이 아니다. 바닥 한 곳에 해치가 있다. 서둘러 열었다. 지하로 내려가는 금속 사다리가 있었다.

아인과 함께 서둘러 내려가 통로를 달리자——.

"다들! 역시 여기 있었구나!"

"유우 선배?!"

"이치노세! 무사했구나, 다행이야!"

a형 엑소프레임 3호기 전용 지하 격납고.

인조 아수라를 보관하고 때로는 구동 실험, 전용 병기 테스트까지 이뤄지는 구역. 예전에 이 가설기지에서 가장 견고하게 만들어졌을 것이라는 이야기를 들었다. 심지어 지하.

여기라면 그리 쉽게 타버릴 리가 없다——.

그리고 기대한 대로 이쥬인과 아리야도 여기로 도망쳤다.

유우는 이쪽으로 달려온 동료들과 얼싸안고 무사히 살아남은 것을 기뻐했다. 하지만.

"클로에 선생님?!"

"유우……. 잠자는 공주님을 제대로 깨워줬구나. 고마워……."

작업 공간을 넓게 만들기 위해 물건이 적은 격납고 안.

그 벽에 클로에 선생이 몸을 기대고 앉아 두 다리를 내던지고 있었다. 선생의 백의는 출혈 때문에 새빨갛게 물들었으며——.

오른쪽 어깨에서 허리에 걸쳐 대각선으로 싹둑 잘려있었다.

과다출혈. 클로에 선생의 얼굴은 창백하고 눈 아래에는 심한 다크서클이 보였다.

완전히 죽어가는 얼굴이라고 해도 될 정도다. 눈물을 글썽이는 이쥬인이 고개를 숙였고, 아리야는 '엄마……' 하고 중얼거리며 어머니 곁으로 다가갔다.

그리고 아인이 선생 앞으로 걸어가 앞에 앉았다.

"정황상 **고향**에선 내 육체의 '어머니'를 모시던 자겠군. 고맙다. 지금까지 날 잘 돌봐주었을 테지?"

"건강한 육체를 유지할 수 있도록 작은 보탬을 드렸을 뿐……."

이젠 일어서기도 힘들어 보이는 클로에 선생.

자신의 얼굴을 들여다보는 아인에게 힘없는 미소를 지었다.

"……역시 유우를 선택하신 거군요?"

"그래. 샤리라의 성해도 이미 맡겼다. 저 소년이야말로 내가 선택한 성해 소지자, 가 되겠지. 그가 원하기만 한다면."

"그렇다면…… 유우."

"네, 넵?!"

"세계의 근간과 수없는 윤회를 뛰어넘어 너와 공주님이 만났어. 아마도 우연이 아니라 필연으로서──."

클로에 선생은 늘 단호하고 총명한 말투를 쓴다.

하지만 지금은 조금씩 쥐어짜는 것처럼 느릿느릿한 말투였다. 그렇게 하지 않으면 말을 이을 수 없기 때문이다.

유우는 한마디도 놓치지 않겠다며 쇠약해진 선생을 바라보았다.

"우리의 만남이 우연이 아니라고요……?"

"이게 기이한 인연의 실이 인도한 결과인 필연이 아니면 무엇이겠니……. 잊지 마. 네가 고난으로 가득한, 무척이나 길고 어두운 여행길에 오르게 된다고 해도 유우의 곁에는 이분이 계시니까──. 그러니 자신이 옳다고 믿는 길을 선택해……."

클로에 선생도 유우를 물끄러미 바라보았다.

시선이 마주친 순간 퍼뜩 깨달았다. 얼마 전, 유우 자신이 말했었다. 무언가 옳은 것, 사람들에게 도움이 되는 것을 하고 싶다고.

"선생님, 저는……."

"괜찮다면 공주님을 '남쪽'으로 데려가 드려. 가능하다면 아리야도 함께……. 우리 엘프의 수상도시…… 들은 적 있니? 거기에 오빠가 있으니까, 두 사람을──."

"엄마……."

아리야가 울먹이며 매달렸을 때, 클로에 선생은 이미 두 눈을 감고 있었다.

그래도 선생은 손을 더듬어 딸의 뺨을 쓰다듬고 멍하니 중얼거렸다.

"순혈 야쿠시아인 나와 휴먼, 쌍방의 피를 이어받은 너는 아마도 우리들만큼 오래 살지는 못할 거야. 실은 네 죽음을 지켜볼 각오도 했었는데. 갑자기 헤어지게 되었구나……."

"아리야는 엄마와 같이 있을래요! 죽을 때까지 같이 있을 거예요!"

"불가능해……. 어차피 죽을 때는 다들 혼자야. 윤회의 저편에서 또 만나자, 내 사랑스러운 외동딸. 야쿠시아의 머나먼 후

예인 아리야……."

마지막은 몹시 엘프 현자다운 추상적인 말로 작별을 고하고.

클로에 선생은 다시는 입을 열지 않았다.

아리야가 흐느껴 울었다. 위쪽── 천장 위에서는 폭발음이 울리며 진동이 전해졌다. 지상에선 아직 드래곤들이 날뛰는 모양이었다.

이쥬인이 갈라진 목소리로 말했다.

"슬슬 '타임아웃'이 오지 않을까?!"

"……기, 기대하지 않는 게 나아요. 석 달 넘게 '경계 넘기'를 자중하면서 마력을 축적했을 테니까── 금방 사라지지 않을 거라고 어, 엄마가 말씀하셨어요!"

아리야가 오열하면서 설명했다.

유우는 분노를 느꼈다. 후배는 책임감이 강한 여자아이다.

이미 아버지를 잃었다. 지금은 또 어머니를 잃은 직후다. 그런데도 '사람들에게 도움이 되자'며 필사적으로 노력하고 있다. 웃기지 마.

가족을 잃은 아이는 슬퍼하는 것 말고는 아무것도 하지 않아도 된다.

다른 누가 인정하지 않아도 유우만은 인정해주고 싶다. 하지만 아리야는 슬픔도 제쳐두고 현실과 마주 보려 하고 있었다──.

아아. 또 아무것도 해주지 못하는 건가. 나는.

격렬한 분노. 무력한 자기 자신에게 느끼는 분노. 그러다 아인과 눈이 마주쳤다. 엘프 소녀는 고개를 끄덕였다.

'당신이라면 할 수 있다.'

그녀의 눈이 말하고 있다. 유우가 할 수 있는 일이 있다고.

지하 격납고. 아수라프레임 3호기의 보관장소. 벽에는 중후한 매트 블랙에 금색으로 포인트가 들어간 강화 수트 한 벌이 걸려 있다.

유우는 그것을 응시했다. 이쥬인이 눈을 빛냈다.

"오오! 원격조작 말이지? 이치노세! 지상에서 날뛰는 놈들을 지난번처럼 우리의 어시스트로 날려버리는——!"

"아니야, 이쥬인."

유우는 작은 목소리로 말했다.

"그날 밤은 아인이 도와줘서 어떻게 잘 되었지만, 아마 원격조작으로는 한계가 있어. 역시 진짜 '장착자'가 필요해……."

"어? 아, 아인이라면 저 사람 말이야?"

이쥬인이 당황하거나 말거나 유우는 깨달았다.

지금까지 아인이 했던 말의 의미를——. 어렴풋하게 눈치채고 있긴 했지만, 머리가 부정했다. 아니, 말도 안 된다고. 800명 넘는 후보자가 전부 튕겨 나갔는데, 설마 자신일 리가 없다고.

하지만 정말 자신밖에 없다면.

"내가…… 그 녀석을 **입으면** 되는 거지?"

"그게 아니다, 유우. 이것은 인간과 엘프가 만들어낸 아수라와 목숨을, 운명을 함께 한다는 선택이다."

아인의 엄숙한 말에 유우는 결심했다.

어느 쪽이든 상관없다. 할 수 있는 것을 전력을 다해 하겠다!

직후, 벽에 걸려 있던 아수라프레임이―― 빛의 입자가 되었다. 가변 나노 입자. 그 반짝이는 빛이 유우에게 쇄도하고는.

철컥! 금속 소리와 함께 유우의 오른쪽 손이 칠흑의 금속으로 뒤덮였다.

틀림없는 아수라프레임의 오른팔 파츠다. '장착'의 시작이었다.

"서, 선배. 그건……."

"이치노세?!"

아리야와 이쥬인이 경악했다.

그러는 사이에도 장착은 진행되었다. 오른쪽 상완부 파츠, 왼팔 전체 등 계속해서 파츠가 출현하더니 장착음과 함께 몸을 덮었다. 이어서 양쪽 발목에서부터 허벅지, 허리, 가슴과 배. 마지막에 나타난 것은 헬멧 부분――.

한동안 철컥철컥 금속음이 연이어 들린 후.

유우의 몸이, 호리호리하고 아담한 전신이 마침내 칠흑의 특수장갑으로 뒤덮였다.

심지어 마무리로 노란색 천이 혼자서 나타났다.

아인이 《성해포》라고 부르는 머플러 비슷하게 생긴 천. 그것이 이번엔 목에 휘리릭 감기더니 좌우 어깨에서 등으로 흘러내렸다.

마치 진짜 머플러 같았다. 하지만 그렇지 않다는 것은 일목요연했다.

3호 프레임의 등에서 좌우로 늘어진 《성해포》는 두 가닥의 촉수처럼 꿈틀거렸다. 그 끄트머리는 결코 바닥에 닿지 않았다.

보기에 따라서는 가늘고 긴 '두 장의 날개'를 펼친 모습과도 유사했다.

4

아직 지하 격납고까진 불길이 닿지 않았다.

하지만 지상은 거의 다 활활 타고 있다. 그 타오르는 폭염을 수직으로 꿰뚫으며—— 유우는 허공으로 출격했다.

3호 프레임이 미사일처럼 발사되는 사출구를 사용한 것이다.

"《포털》이 가까워. 정말 하늘을 날고 있구나……."

유우는 어안이 벙벙해져서 중얼거렸다.

설마 비행기에 타지 않고 몸 하나만으로 하늘을 날게 되다니.

적당한 곳에서 상승을 멈추고 공중에서 정지했다. 적의 침공 거점 《포털》과 같은 높이까지 올라와 있었다. 현재 고도는—— 472m.

눈앞에 우뚝 서 있는 천공의 성과의 거리는 1.9km.

성의 스테이터스 표시에는 'Materialized'. 실체화 중이라는 뜻이다.

지금 유우의 눈에 비치는 모든 것에는 작은 수치와 텍스트가 첨부되어 수많은 정보를 전달해주고 있다.

3호 프레임의 두부 장갑과 바이저—— 헬멧을 쓰지 않은 것처럼 장착자의 시야는 360도를 전부 확보해주고 있다. 심지어 눈에 비치는 풍경에 다이렉트로 각종 데이터를 표시할 수 있는 시스템이다.

고도, 풍향, 기체 속도, 유우의 심박수, 체온 등.

아마추어의 지식을 넘어서는 항목도 여기저기에 흩어져 있다. 원래대로였다면 고민했을 것이다. 하지만 나노 머신의 작용인지 대충 이해할 수 있었다. 게다가——.

『신경 쓰지 마라. 아수라의 의지는 내가 전달하지. 당신은 싸움에 전념해라.』

"아인!"

체내의 나노 인자를 통해 엘프 소녀에게서 메시지가 도착했다.

"너도 역시 나노 머신 이식자인 거야?"

『그렇다. 나는 전사의 여왕이었던 자의 지혜로 당신을 도울 생각이다. 의지하도록.』

『아, 아리야도 할 수 있는 건 할게요!』

『일단 나도 있어! 도움이 될 자신은 없지만.』

눈물 섞인 목소리로 후배가, 당황한 목소리로 친구도 그렇게 말해주었다.

나노 인자에 의한 정보연결. 아인도 덧붙였다.

『아니, 충분하다. 휴먼의 친구여. 지켜봐 주는 자의 마음을 힘으로 바꿔야만 평범한 전사를 넘어서는 존재가 될 수 있으니까. 이해하나? 유우.』

"으, 응. 아무튼—— 해 볼게!"

혼자가 아니다. 유우는 기합을 넣었다.

목에 감은 성해포를 날개처럼 펼치면서 급강하.

……낙하 중간에 유우는 알아챘다.

3호 프레임의 장갑은 매트 블랙이 기본색이다. 하지만 오후의 햇빛을 받자 검은색인 금속이 황금빛으로 빛나며 몹시 장엄한 광채를 흩뿌렸다.

예전에는 이런 식으로 빛나지 않았던 것 같은데──.

또 전보다 훨씬 미끈했다. 선대와 유우의 체격차만큼 키가 줄어들고 몸통도 작아져서 호리호리했다. 그러면서도 빈약함은 일절 느껴지지 않았다. 예리한 일본도와도 비슷한 위압감이 깃들어 있다.

자신의 몸에 맞춰진 증거라고 실감하면서 불타는 대지 위에 내려섰다.

바로 근처에 세 마리의 트롤 병사가 있었다.

유우는 격납고에서 들도 나온 12.7mm의 중기관총을 연사, 또 연사했다. 본래대로라면 사격대에 올려놓고 운용하는 화기를 서브머신건처럼 쏴댔다.

하지만 수백 발의 총탄은 트롤에게 전혀 닿지 않았다──.

『유우 선배! 마법 《프로텍션 프롬 미사일》이에요!』

"이런 총으로는 안 되는 건가!"

아리야의 통신을 듣고 유우는 깨달았다. 그때 아인이 메시지를 날렸다.

『손이다. 손을 써라.』

고작 그 힌트만 듣고도 유우의 뇌리에 이미지가 떠올랐다.

전에 이쥬인이 말했던, 『생각하지 말고 느껴라!』의 세계'가 이런 것이었나, 하고 수긍하면서 중기관총을 내버렸을 때.

부웅! 강력한 일격이 유우와 3호 프레임을 강타했다.

키가 3m를 넘는 트롤 병사가 코앞으로 다가와 전투용 해머를 호쾌하게 휘두른 것이다. 3호 프레임의 정수리에.

무시무시하게 무거운데다 단단한 직방체의 철괴──.

……유우는 피할 필요가 없다고 느꼈다. 머리로 받아냈다.

꽈아아아아아아앙!

이세계의 철괴와 나노 머신 장갑의 격돌. 중후한 금속음. 3호 프레임은 조금도 흔들리지 않았다. '장착자'인 유우도 미약한 충격조차 느끼지 않았다.

그리고 유우는 **손**을 썼다.

방금 막 공격해 온 트롤의 청동 갑옷이 눈앞에 있다. 그걸 만졌다.

오른쪽 손바닥으로 터치. 그러자 '키이이이이이이이이잉!' 하는 날카로운 소리가 발생했다. 트롤 병사가 풀썩 쓰러진다──.

손바닥으로 직접 초진동음격을 꽂아 넣었다.

초음파의 진동으로 생물체의 내장 및 뇌를 마구 뒤흔들어, 순식간에 곤죽이 될 때까지 조직을 파괴하고 섬멸하는 공격.

이세계의 검을 실컷 막아온 갑옷이어도 진동파까지는 막을 수 없다.

『또 온다, 이치노세! 뒤!』

『성해포의 가호를 믿어라. 당신을 지키고 있다.』

"……응. 괜찮아, 알아."

이쥬인의 경고. 아인의 가르침. 등 뒤에서 양손 대검을 휘두르는 트롤 병사. 그런 와중에도 유우의 마음은 신기하리만치 고요했다.

아마 목에 두른 천 덕분이다.

노란색 성해포── 등에서 좌우로 꿈틀거리는 두 개의 유사 촉수.

그중 한 가닥이 유우에게 다가오는 대검을 휘감아 저지했다. 다른 한 가닥은 검의 주인인 트롤 병사의 안면을 강타하여 원펀치로 굵은 목을 똑 부러뜨렸다.

『저…… 적은 앞으로 하나예요, 유우 선배!』

어머니를 잃은 슬픔을 필사적으로 억누르고 있는 모양이다.

아리야가 쉰 목소리로 경고했다. 거의 동시에 트롤 병사의 전투 도끼가 날아왔다. 마지막 한 마리가 달려오며 휘두른 것이다.

하지만 3호 프레임의 센서는 그 움직임을 일찌감치 인식하고 있었다.

"이게……!"

하프 엘프 후배를 빨리 전투에서 해방해주고 싶다.

그렇게 생각한 찰나. 유우와 3호 프레임은 질풍과도 같은 속도, 즉 초속 20m의 초기동을 발휘하며 적의 등 뒤로 파고들었다.

무방비한 트롤의 허리에 돌려차기── 아니, 발리 킥.

공이 땅에 닿기 전에 차는 요령으로 날린 발차기와 3호 프레임의 각부 장갑이 사나운 요정족의 허리뼈를 멋지게 분쇄했다.

신기할 정도로 몸이 빠르게 움직이고 감각이 명료하다.

뻗어버린 적을 눈앞에 두고 유우는 멍하니 중얼거렸다.

"몸이 멋대로 움직이고 자연스럽게 싸운다는 느낌이야…….
이거 뭔가 이상해!"

『유우. 설령 하나가 된 것이 오늘이 처음이라고 해도. 지금까
지도 당신의 몸은 아수라의 지혜를 흡수해왔다. 전사의 기술,
함께 싸우기 위한 방법을──.』

『내가 나노 대응 기기에서 각종 정보를 읽어낸 것과 같은 거
구나!』

『각성 실험을 반복하는 사이에 유우 선배의 나노 머신은 아수
라프레임과 동조를 진행했던 거군요…….』

동료들에게서 날아온 메시지가 차례차례 도착했다.

게다가 적도 추가되었다. 유우의 시야 구석에 네모난 창이 나
타났다. 3호 프레임을 향해 이동 중인 열원을 표시하고 있었다.

그 숫자는 약 70. 전부 트롤 병사인 모양이다.

"복수의《마인드 토크》마법 확인! 유우 선배의 위치와 정보가
공유된 모양이에요!"

유우는 직감했다. 이 숫자를 상대한다고 해도 아마 근접전으
로 격파할 수 있다.

하지만 너무 시간을 소모하지 않는 게 좋다. 하늘을 힐끔 쳐다
봤다. 시선 끝에 확대 표시창이 나타났다. 공중요새《포털》이 클
로즈업되었다.

게다가 하늘에는 '하나 더' 강적이 있을 터──.

걱정이 전해진 건지 아인에게서 메시지가 왔다.

『시간이 걸리는 게 싫다면 천공장서에서 《둠즈데이 북》의 가스펠을 열람하여 당신의 아수라에 송신하지.』

"무, 무슨 소리야? 처음 듣는 단어투성이라 영문을 모르겠어!"

『이치노세! 가스펠이라는 건 확장기능을 해방하는 키워드야!』

『그래. 우리 엘프는 지구에 정착하는 대신 마력을 잃었다. 하지만 마법의 지식까진 잃지 않았지. 이 지구상에 오래전부터 전해 내려오는 주문과 저주 등을 수집하여 해석 및 어레인지를 가해 아수라를 위한 주문서──《가스펠 코드》를 만들어냈다.』

이쥬인과 아인의 메시지에 유우는 몹시 놀랐다.

"아, 아수라프레임용 주문서? 이 녀석 마법을 쓸 수 있는 거야?!"

『그렇다. 아수라의 법륜(法輪)이 만들어내는 프라나는 기계를 움직이는 것뿐만이 아니라, 신비와 기적의 근원이 되기도 하지. 내가 가스펠을 읽으면──.』

『즉 마법인 듯 마법이 아닌 듯한 유사 기적을 발현할 수 있는 겁니다!』

중학생 남자도 이해하기 쉽도록 아리야가 정리해주었다.

3호 프레임의 허리에는 바퀴 모양의 《프레이어 휠》이 있다. 방대한 에너지를 만들어내는 초전도발전 시스템 그 자체.

유우는 이게 법륜임을 직감했다. 아리야가 한층 더 말했다.

『원래 고로가다케의 타워는 가스펠 코드를 발신할 목적으로 만들어졌어요. 러시아의 연해주 방면을 침입로로 삼는 크리처를 영격하기 위해서──.』

『그러고 보면 그 타워, 안테나가 있었지!』

정보연결 너머로 이쥬인이 흥분한 것도 전해졌다.

뭐시기 북의 사용이 유효할 것 같다는 생각이 들었다. 하지만.

느닷없이 유우의 머리에── 사용한 뒤의 상상도가 떠올랐다. 여기저기 불꽃이 치솟는 전장에서 생명이 모조리 사라진다. 모든 트롤 병사가 절명하고, 어째서인지 불꽃도 진압되고…….

무기의 위험성을 깨달은 유우는 당황했다.

"둠 뭐시기는 기각! 우리 말고 다른 생존자가 있으면 큰일이야!"

『그렇지. 이제 적만 남아있다는 보장은 없으니까!』

『아인 씨. 그거 말고 다른 추천 무기 없나요?!』

『그렇다면 《팬더모니엄》의 문을 여는 것 말고는 없겠군. 시작한다. 유우── 바람의 아수라가 있어야 하는 곳, 하늘로 올라가라!』

"알았어!"

전신의 스러스터에서 제트 스트림을 분출.

유우와 3호 프레임은 다시 하늘로 힘차게 날아올랐다.

시야 한구석에는 새로운 창이 떴다. 전에도 본 적이 있는 영어 글귀가 가로로 흘러간다.

『Mantra Server Startup Complete. All PRAJNA Running.』『System Now Booting, Spellbook "VAJRA-SEKHARA SUTRA"….』

아인이 확장기능이라는 것을 해방하고 있었다.

이 무렵 아리야와 이쥬인, 아인도 지하 격납고에서 나왔다.

언제 불꽃이 지하까지 들이닥칠지 모르기 때문이다. 몇 개 있는 출입구 중 하나를 사용해 화마가 오지 않은 곳에 위치를 잡았다.

천공의 성이 도래함을 알리는 오로라가 하늘에 떠 있었다.

에메랄드색 빛이 커튼처럼 흔들리며 이 세상이 아닌 듯한 분위기를 보이고 있다.

"이치노세가 어디에 있는지 육안으로는 모르겠어⋯⋯."

"원격 어시스트용 고글을 가져오길 잘했네요⋯⋯."

아리야는 이쥬인 선배에게 고개를 끄덕였다.

가슴이 찢어지는 마음으로 어머니의 시체를 두고 왔다. 대신 가져온 HMD 고글을 둘이서 썼다.

나노 머신 이식으로 인해 아리야는 감각계 능력이 발달하고 있다.

눈앞에서 마법을 사용하면 나노 머신이 마법 식별 도구를 기동시켜서 마법의 상세정보를 보고해준다. 최근에는 크리처 식별 도구도 각성했다.

하지만 아무리 그래도 하늘을 날아다니는 강화 수트를 맨눈으로 보지는 못했다.

헤드 마운티드 디스플레이에 비행하는 3호 프레임의 뒷모습이 표시되었다.

3인칭 시점. 이것으로 유우 선배의 상황을 확인할 수 있다. 하지만── 아리야는 고글의 모니터 기능을 off로 돌리고 또 한 명의 동행자를 보았다.

어머니와 같은 엘프족 소녀. 이름은 아인인 모양이었다.

아인은 검은 스탠딩 칼라 교복의 상의에 군화만 신어 다리는 그대로 드러난 모습으로 하늘의 한 지점을 응시하고 있었다.

"……혹시 유우 선배가 보이는 건가요……?"

"보이지는 않는다. 다만 마음으로 감지하고 있지. 너도 익숙해지면 가능할 거다."

아무렇지도 않다는 듯 대답한 아인. 이번에는 두 눈을 감고 가볍게 읊조렸다.

──오대(五大)에는 모두 울림이 있노라. 십계는 언어를 지녔으니.

──육진(六塵)은 전부 문자이노라.

아인은 음악 소리와도 같은 목소리로 '시'를 흥얼거렸다.

어머니를 비롯해 엘프 현자들이 종종 입에 담는 시다. 우주를 구성하는 지(地), 수(水), 화(火), 풍(風), 공(空)의 다섯 요소에는 소리의 울림이 있고, 그렇기에 10개의 세계에 언어가 내포되며, 또한 여섯 개의 지각 가능 영역이 문자가 된다── 라는 의미라나.

엘프의 우주관·언어관을 고스란히 표현한 명문이라고 한다.

태어난 곳도 자란 곳도 일본인 아리야는 '너무 어려운 철학이라서 좀……'이라는 반응이지만.

그 말이 패스워드였던 모양이다. 아인이 낭송을 끝낸 순간, 교신이 시작되었다.

헤드 마운티드 디스플레이의 가장 아래쪽에 영어 글귀가 흘러간다.

『Mantra Server Startup Complete. All PRAJNA Running.』『System Now Booting. Spellbook "VAJRA-SEKHARA SUTRA"….』

천공장서── 적도 상공에 정지궤도로 떠 있는 인공위성.

아인은 체내의 나노 입자를 통해 그곳에 접속하고 있다.

그렇게 그녀는 아득히 먼 하늘에서 끌어낸 가스펠 코드를 읊었다.

5

고도 98m에서 유우와 3호 프레임은 공중에 정지했다.

지상을 내려다보았다. 이미 인식한 트롤이 약 70마리. 그 모든 위치가 붉은 점이 되어 유우의 눈 아래 대지에 표시되었다.

그리고 유우의 청각에 아인의 목소리가 닿았다.

──그대, 마음의 월륜(月輪)에서 금강의 형상을 떠올려라.

──깨달은 자가 말하노니. 자신의 월륜 속에서 금강을 보라…….

"왔다! 이게 가스펠이라는 건가?!"

3호 프레임의 전신에서 분말 형태의 빛이 방출되었다.

가변 나노 입자──. 그 가루 하나하나가 3호 프레임을 구축하는 나노 머신 《아다마스》라고 한다.

미생물 사이즈의 나노 머신이 뭉쳐 다양한 형태로 변질한다.

때로는 견고한 장갑이 되고, 금속이면서도 고무처럼 휘어지는 재질이 되고, 섬유로도 천 형태로도 변화한다. 머신 하나하나가 컴퓨터이자 동력원이기도 하며, 또 에너지 탱크의 역할도 수행한다.

『다양한 기계를 순식간에 만들어내는 나노 머신……. 마법 같다고는 생각했지만.』

『실은 엘프의 지혜와 과학의 조합으로 마법 비슷한 의식을 거쳐 '연성(鍊成)'── 즉 순간 생성을 한 거였군요…….』

이쥬인에 이어 아리야가 곰곰이 생각하며 코멘트했다.

순식간에 다양한 기기로 변화하는 미소구조체(微小構造體)──.

이번에 그 무수한 빛은 '금속 고리'를 만들어냈다. 직경 40cm 정도. 단, 고리의 가장자리가 톱 같은 칼날 모양이었다.

이 고리형 드로이드는 어마어마한 숫자였다.

데이터 창에 뜬 기체 수 항목에는 '7042'라는 숫자.

7천 대가 넘는 금속 고리가 아수라프레임의 반중력 리프터에 의해 비상력(飛翔力)을 부여받아 유우의 주위를 부유하고 있다──.

기체명 《MUV 차크람》이라는 표기도 있었다.

『유우 선배. 3호 프레임 직속 기능확장 드로이드예요!』

『오오! 5만 대 있다는 그거 말이지?』

『그래서 코드네임이 《팬더모니엄(복마전)》인 거죠. 수많은 악마가 모여드는 궁전이라는 뜻이에요!』

『유우. 당신의 아수라에게 바라라. 그대의 이름으로 해방하라고.』

이어서 날아온 메시지. 유우는 아인에게 물었다.

"이름이라니, 3호 프레임 말이야?!"

『기억해두도록. 우리들의 맹우의 숨겨진 진명. 폭풍의 왕 루드라의 이름을.』

"루드라! 좋아, 부탁할게. 루드라!"

소리친 순간, 7천 개 이상의 금속 고리가 일제히 움직이기 시작했다.

슈우웅……! 고리들이 바람을 가르는 소리를 내면서 고속으로 회전하며 급강하했다. 인식을 마친 표적—— 지상에 있는 트롤들을 공격하기 위해.

적의 숫자는 약 70마리.

그들 모두가 거의 동시에 절명했다.

7000÷70=100. 트롤 한 마리당 약 100개의 금속 고리형 드로이드가 달려들어 갈기갈기 찢어놓은 것이다.

나노 머신으로 이루어진 금속 고리는 이세계의 갑주를 종잇장처럼 잘랐다.

압도적인 물량에 맡긴 대미지는 예의 《프로텍션 프롬 미사일》로 보호할 수 있는 한계를 능가하여 말 그대로 순식간에 제거.

공격 목표가 또 있었다면 이후에도 자동추적과 섬멸을 반복했을 것이다.

하지만 이번에는 차례차례 유우 곁으로 돌아왔다. 다시 나노 입자가 되어 3호 프레임과 동화했다.

지상에는 트롤들의 시체가 널브러져 있다.

피부와 살점이 뜯겨나갔고, 두개골째로 안구가 토막 났고, 뇌와 몸속 깊은 곳까지 파헤쳐졌고, 내장과 혈관도 끊어졌고——.

따로 뜬 창이 그 풍경을 클로즈업하여 잇달아 보여주었다.

너무도 간단하기 그지없는 학살. 그 손쉬운 죽음에 본능적인 공포를 느낀 유우의 위가 쿡쿡 쑤시기 시작했다.

위에 묵직한 돌이 들어앉은 기분이 들었다.

……구역질이 나는 걸 참았을 때, 마침내 왔다. 공중에 떠 있는 3호 프레임을 향해 어마어마한 업화가 불어닥쳤다.

『와, 왔어. 드래곤! 이치노세, 괜찮아?!』

『안티 매직 쉘은 문제없이 가동 중입니다! 유우 선배, 침착하세요!』

"그, 그래도 어마어마하게 뜨거운데?!"

이쪽으로 날아온 레드 드래곤이 공중에 있는 3호 프레임을 향해 화염을 쏟아냈다.

아다마스 장갑 내부에서 유우는 전신 화상을 입을 것 같은 열과 통증을 맛보고 있었다. 기체 표면의 온도는 306℃, 내부의 온도도—— 72℃다!

『용의 불꽃도 마법의 일종으로 원래는 항공모함의 장갑도 녹이는 위력이에요. 안티 매직 쉘로 마력을 억누르고 있으니 그 정도에서 끝난 거라고요!』

『즉 마법으로 뻥튀기된 부분은 봉쇄했다는 거지!』

"으윽……. 하지만 이대로는 내가 뻗어버릴 것 같아!"

아리야와 이쥬인의 메시지. 공포에 떠는 유우. 직후.

까앙──! 3호 프레임의 가슴과 등에 강력한 충격을 동시에 받았다. 그대로 어마어마한 힘이 쌍방에서 가해지며──.

끼익, 끼익하는 소리가 났다. 아수라프레임의 특수장갑에서.

헬멧에 가해진 힘 때문인지 시야 전체가 새카매졌다.

상황을 알 수 없다. 하지만 현재 안면 및 후두부, 가슴과 등 등이 동시에, 또한 강렬하게 압박당하고 있다는 건 틀림없었다. 마치 거대한 압착기에 끼인 것 같은…….

몹시 괴롭다. 이래서는 바로 짓눌린다!

"무…… 무슨 일이 일어난 거야?!"

『봐라. 이런 상황이다.』

아인의 대답과 함께 캄캄했던 유우의 시야에 창이 나타났다.

정찰 드로이드 기동 메시지와 3호 프레임을 입에 넣고 와그작 와그작 깨물고 있는 레드 드래곤의 공중촬영 영상을 표시 중──.

조금 전의 《팬더모니엄》으로 촬영용 드로이드를 내보낸 모양이었다.

……티라노사우루스의 골격표본을 본 적이 있다. 그 입이라면 어른 한 명을 통째로 삼킬 수도 있을 것이다. 이 레드 드래곤은

그 표본보다 두 배는 더 거대했다. 그 사나운 턱과 이빨에 3호가 끼어 있다──.

"나를 숯덩어리로 만들지 못하니까 인내심이 끊어진 건가. 큰일이네……."

『그럴 리가. 오히려 천재일우의 찬스다.』

아인의 태연한 말에 유우는 퍼뜩 깨달았다.

그 힌트를 듣고 떠올렸다. 전화위복. 유우의 의지에 따라 창이 나타나고 여러 개의 접근전용 장비의 이름을 나열해주었다.

초진동음격, 고주파참격, 전자접촉 등.

그중 하나에 주시했다. 시선 입력으로 장비를 선택했다. 그러고는.

"으아아아아아아아아아아압!"

죽은 사람들, 클로에 선생님을 생각하며 기력과 기합을 쥐어짰다.

하다못해 원수를 갚아주고 싶다고 빌며── 파워 전개. 아수라프레임이 지닌 출력을 지금 끌어낼 수 있는 한도까지 끌어내어 각 부위의 스러스터에서 제트 스트림을 뿜어내──.

전신을 팽이처럼 고속으로 회전시켰다. 드래곤의 입 안에서.

아무리 드래곤이라고 해도 '물어뜯는 힘'으로 유우를 잡아두지는 못했다.

심지어 목에 감긴 성해포가── 두 장의 날개처럼 좌우로 펼쳐졌다. 전신을 팽이처럼 회전시키고 있으니, 당연히 날개도 프로펠러처럼 회전했다.

그 유사 프로펠러에 초음파를 흘려보내 고주파 블레이드로 만들었다.

성해포의 끝이 칼날이 되어 레드 드래곤의 구강을 엉망진창으로 찢어놓았다!

──쿠워어어어어어어어어어어!

드래곤의 포효. 단, 고통스러운 절규.

입에서 토해낸 3호 프레임과 함께 용의 거구도 추락했다. 그래도 양쪽 다 지상으로 낙하하면서 허공에서 다시 균형을 잡았다.

드래곤의 턱이 주는 압박에서 벗어난 유우의 시야도 회복되었다──.

쿵! 서로 상대를 응시하면서 안정적으로 착지했다.

레드 드래곤과 3호 프레임은 이번엔 땅 위에서 마주 보았다.

머리부터 꼬리 끝까지 총 30m 정도 되는 적룡과 키 2m가 채 못 되는 장갑 보병. 사이즈로는 저쪽이 압도적으로 유리하다.

적이 '산'으로 보이기까지 했다. 겁이 난 유우가 물었다.

"예전 장착자는 가끔 모빌수트 같은 추가 장비를 사용했었지!?"

『넷, 네. 확장 드로이드를 3호의 팔다리에 붙이는 모드 말이죠. 그런 계통은 전부 《팬더모니엄》 시리즈예요.』

『풀아머 버전! 피규어도 꽤 인기 많았어!』

아리야와 이쥬인의 대답에 이어 유우가 말했다.

"나도 뭔가 쓰고 싶은데. 드래곤이 크니까……."

『글쎄, 어떨까.』

"아인⋯⋯."

『내 생각에, 체격 차이를 극복하기 위해 그저 무기를 크게 만든다는 것은 몹시 안이하다고 본다. 아, 물론 전장에서 스러진 남자의 싸움을 깎아내리려는 의도는 아니지만, 그 녀석이 걸출한 전사였냐는 점에서 말하자면 또 사정이 다르니——.』

"⋯⋯⋯⋯."

『당신은 이미 용을 죽이는 법을 터득했다. 그걸 관철하는 것도 전술이지.』

아인의 말에서 유우는 그녀의 기대를 느꼈다.

새 파트너의 기량을 보고 싶다, 그 잠재능력을 칭찬하고 싶다는, 그런 느낌.

——크르르르르르르르르르르르르

드래곤이 낮게 우짖었다. 그 이빨 틈새로 불꽃이 넘실거렸다.

화염방사 준비가 끝난 모양이었다. 게다가 앞발의 날카로운 발톱과 물어뜯기 등, 위협적인 공격은 많이 있다. 애초에 거대한 몸뚱이나 발로 뭉개기만 해도 성가시다. 저 긴 꼬리를 휘둘러댔다간 아수라프레임은 훌떡 날아갈 것이다.

"그렇구나. 아까도 그랬지."

용이 압도적으로 거대하다면 오히려 작은 크기를 살려서 품속에 파고드는 방법이——.

퍼뜩 깨달음을 얻은 유우는 목에 늘어뜨린 성해포의 끄트머리를 잡았다.

노란색 천을 주욱 찢었다. 한 조각 크기였던 천이 즉시 면적을 확장하여 길쭉하게 부풀었다. 엑스칼리버 모드다.

최초의 밤과 마찬가지. 유우의 손에서 성해포가 도검 모드가 되었다.

"흐아아아아아아아압!"

제트 스트림을 방출하며 전속력으로 격돌을 개시했다.

마침 드래곤이 화염을 뿜었다. 똑바로 내민 성해검의 끝으로 용의 불꽃을 베어버린 뒤, 유우와 3호 프레임은 허공으로 뛰어올랐다.

분노하는 레드 드래곤의 목을 향해. 그곳에 성해검을 찔러넣었다!

──쿠워어어어어어어어어어어어어어!!

드래곤은 유우의 등뼈가 떨릴 정도로 격렬한 포효를 질렀다.

하지만 이것은 비명이었다. 목이 파헤쳐진 격통 때문이다.

유우는 출력을 전개한 채 3호 프레임의 전신을 레드 드래곤에게 밀착시켰다. 성해검은 한층 더 깊이 박혔다. 손잡이를 쥔 두 손이 드래곤의 가죽에 닿을 정도였다.

그래도 유우는 출력을 내리지 않았다.

이대로 3호 프레임째로 드래곤의 목을 찔러 관통한다──!

허리 벨트에 달린 《프레이어 휠》이 고속으로 회전했다. 그러자 풀파워인 줄 알았던 파워가 한층 더 올라갔다.

"어——?"

유우는 놀랐다.

휠이 회전하는 소리가 노랫소리처럼 변했기 때문이다.

GateGateParagate——. ParasamgateBodhisvaha——.
GateGateParagate——. ParasamgateBodhisvaha….

여자와 남자의 목소리가 뒤섞인 합창처럼 들렸다.

전에 아인이 흥얼거렸던 즉흥곡과 같은 노래였다.

『잘하고 있다, 유우. 아수라도 당신의 의기에 부응하여 프라나를 올리고 있다!』

엘프 소녀에게서 새 메시지가 날아왔다.

직후, 3호 프레임의 전신이 희푸른 빛으로 감싸였다.

그것은 불꽃이 파지직파지직 튀는 스파크로 밀착한 드래곤의 목과 그 주변을 끊임없이 태우고 괴롭히면서, 검은색과 금색의 특수장갑을 빛나게 했다!

——크아아아! 크아아아! 크아아아!

드래곤은 고통스러워하는 비명을 지르면서 마침내 바닥에 쓰러졌다.

급소가 뚫려서 힘이 다한—— 건 아니다. 레드 드래곤은 괴로워하면서도 땅바닥을 구르며 마구 몸부림치고 있다. 그 정도로 고통스러운 것이다. 또, 몸부림을 쳐서 유우와 3호 프레임을 뿌리치려는 의도도 있었다.

유우는 질세라 검을 찔러넣은 채 밀착하여 함께 굴렀고——.

마침내 그 순간이 왔다.

이 세상의 존재가 아닌 거대한 파충류가 별안간 움직임을 멈췄다.

축 늘어져 힘없이 대지 위에 몸을 눕힐 뿐. 용살자(龍殺者)가 된 순간이었다. 3호 프레임도 드디어 출력을 내리고 전신의 방전상태도 끝났다.

"……가, 간신히 끝났다."

승리의 고양감도 없이 유우는 깊은 한숨을 쉬었다.

숨을 거둔 드래곤 바로 옆에서 대자로 누웠다. 땀투성이. 피로감 MAX. 흥분은 사라지고, 실전을 겪은 공포에 몸이 부들부들 떨렸다.

화염방사에 당했던 열기와 헬멧의 밀폐감도 더해져 몹시 숨이 막혔다——.

그렇게 생각한 순간, 유우의 얼굴이 바깥 공기에 드러났다.

"진짜 대단하네, 이 수트……."

유우의 상태를 감지하고 아수라프레임이 장비를 해제해준 것이다.

칠흑과 황금의 수트는 반짝이는 가변 나노 입자로 돌아가 전부 유우의 몸에 흡수되었다. 전신에 밀착한 장갑이 사라지니 해방감이 어마어마하다.

후우우우. 바로 심호흡했다.

조금 편해지자 유우는 천천히 일어났다. 하지만 비틀거렸다. 현기증이 일어나려는 때, 누군가가 유우를 부축했다.

"……아인?"

"잘 싸웠다. 그 이상으로, 잘 살아남았다. 첫 출진에 이렇게까지 해내다니. 당신이 자랑스럽다, 유우."

유우는 클론 엘프 소녀의 품에 안겨 중얼거렸다.

"하지만 너, 나에게 이렇게까지 시킬 생각이었던 거 아니었어……?"

"아니. 실은 절반 정도 하면 잘하는 거라고 생각하면서 부추겼지."

자백한 아인의 포근한 가슴께에──.

유우의 얼굴이 파묻혀있다. 부드러운 온기. 편안하고 치유되는 실감. 다만 상황이 상황이다 보니 깜짝 놀라 펄쩍 뛰려고 했다.

하지만 아인의 두 팔이 머리를 단단히 붙잡고 있어서 그러지 못했다.

"자, 잠깐. 놔 줘!"

"받아들여라. 나는 당신을 포옹하고 싶은 기분이니까."

"오오. 첫 출진인데 잘했잖아! 대단해, 이치노세!"

"네. 혼자서 드래곤까지 쓰러뜨리다니 대단한 수훈이에요. 엄마도…… 분명 엄마도 칭찬해주셨을 겁니다!"

이쥬인은 흥분했고, 어머니 이야기를 하는 아리야는 눈물이 그렁그렁했다.

어느새 유우 주변으로 모여든 것이다. 몸도 마음도 녹초가 되어버린 유우는 동료들에게 대답 대신 힘없이 웃었다.

하지만── 이것으로 시합이 종료된 건 아니다.

아인의 부드러운 몸에서 떨어져 하늘을 올려다보았다.

하늘 높은 곳에 떠 있는 이동 요새《포털》은 아직도 건재하다. 에메랄드색 오로라도 흔들거리면서 수상한 아름다움을 뽐내고 있다.

그거다. 시합은 0대 0인 채로 로스 타임에 돌입한 셈이다.

공격하든 수비하든, 아직 쉴 수 있는 국면이 아니다──.

"할 수밖에 없다면 조금 더 달려야겠지……."

유우의 전신이 다시 나노 장갑으로 뒤덮였다.

아수라프레임 3호의 장착자로서 하늘에 떠 있는 마의 성을 응시했다.

그러자 창이 나타났다. 공중 성채《포털》의 확대 영상이다. 성벽 위에 청년이 한 명 서 있었다──.

요정족인 걸까. 다부지고 날렵한 미모였다.

척 보기에도 마법사라는 느낌이 드는, 품이 넉넉한 파란 로브. 머리에는 터번을 둘렀고 나무 지팡이를 들고 있었다. 그와 눈이 마주쳤다.

하늘의 성에서 지상에 있는 유우를 관찰하는 중인 걸까?

실제로 영상 속의 마법사풍 청년은 갑자기 웃더니 유우의 눈을 똑바로 들여다보면서 입술을 뻐끔뻐끔 움직였다. 설마.

"주문을 외나? 마법을 쓴 건가?!"

"유우 선배…… 엄청난 마력 반응입니다! 《데스 스펠》 발동을 감지했습니다. 이대로는 저희는 전멸할 거예요!"

아리야의 보고. 유우는 바로 움직였다.

머플러와 흡사한 유사 촉수—— 성해포를 움켜쥐고 목에서 끌러냈다. 그러자 노란색 천이 이불처럼 직사각형으로 부풀어 올랐다.

"다들 이 뒤에 숨어!"

수트를 입지 않은 동료 세 명이 한곳에 모여 몸을 웅크렸다.

자세를 낮게 낮춘 아인, 이쥬인, 아리야. 유우는 동료들 위에 성해포 시트를 씌웠다. 전원이 쏙 가려졌다.

"적의 마법으로부터 동료들을 지켜줘……!"

유우의 소망을 받아들인 성해포가 은은한 빛을 흘렸다.

직후, 《데스 스펠》이 내려왔다. 고로가다케 정상 일대에 눈 결정 같은 빛이 반짝반짝 내리기 시작했다——.

이 빛 하나하나가 즉사 주문이다.

빛은 유우나 넓게 편 성해포 위에도 거듭거듭 쏟아졌다.

"으아아아악?! 엄청 울렁거려! 멀미보다 100배는 더 강렬해!"

"내…… 내장이 입에서 튀어나올 것 같아요!"

"다들, 안심해라! 이 마법에 제대로 당하면 그런 기분조차 맛보지 못한 채 영원한 잠에 빠진다. 유우, 우리는 충분히 지켜지고 있다!"

절규하는 이쥬인과 아리야에 비해 아인은 냉정했다.

그리고 나노 장갑의 안티 매직 쉘의 보호를 받은 유우 쪽은 아무런 이상도 없었다.

"이제── 당하기만 하진 않을 거야…….."

지금까지는 유린당하기만 했다. 하지만 지금은 반격할 수단이 있다.

철근이 들어간 콘크리트 덩어리가 땅 위에 굴러다녔다. 유우는 왼쪽 손바닥을 펼쳐 어느 원격 장비를 on으로 했다.

발생된 자력에 의해 콘크리트 덩어리가 손바닥으로 빨려 들어왔다.

"먹힐지 아닐지는 모르겠지만, 이걸로──!"

3호 프레임의 원격 장비 · 전자 레일건.

막대한 전류로 만들어낸 자력을 이용하여 임의의 총탄을 사출한다.

이번에 3호의 왼손에서 쏘아져 나간 콘크리트 덩어리는 마하 8을 넘는 속도로 하늘을 향해 날아갔다.

총탄은 순식간에 고도 126m까지 도달했다.

그리고 하늘 위 《포털》의 성벽에 서 있는 '마법사'에게 명중── 하기 직전에 터졌다.

청년 마법사는 싱긋 웃고는 지팡이를 한 번 휘둘렀다. 그 몸짓 하나로 방어마법을 사용한 모양이다. 심지어.

유우의 시야에 나타난 영상 표시창 안에서 미청년의 입술이 움직였다.

목소리는 없다. 하지만 유우의 가슴이 철렁했다.

『지상의 전사여, 그대의 건투와 아름다움에 진심으로 경의를 표한다──.』

이런 자막이 떴기 때문이다.

아수라프레임은 독순술과 번역까지 할 줄 아는 모양이다.

그리고 마이즈루의 하늘 가득 펼쳐져 있던 오로라가 별안간 사라졌다.

환영의 성《포털》의, 지금까지 'Materialized'였던 스테이터스도 'Aerial'로 변했다. 실체화가 끝났다는 뜻이다.

성벽에 서 있던 청년 마법사와 함께 성이 신기루처럼 사라졌다.

드디어 전투가 끝난 모양이다.

하지만 유우는 깜짝 놀라 아수라프레임을 장착한 채로 달려갔다.

주위에 있던 동료들은 간신히 지켰다. 하지만 드래곤과 트롤 군단이 크게 날뛰었고, 죽음의 마법까지 광범위하게 쏟아졌다.

"모처럼 여기까지 도망쳤는데── 이럴 수가……."

화상도 자상도 하나도 없는 할아버지의 시체를 발견했다.

망해에는 눈 결정과도 비슷한《데스 스펠》이 수도 없이 달라붙어 있었다. 노인은 분명 불꽃과 무기에 의한 살육 현장에서 살아남아 도망치는 도중이었을 것이다.

여기저기에서 살과 피부가 타버린 건지 악취가 가득했다.

흩날린 피의 흔적과 참살·박살 당한 시체를 쉽게 찾을 수 있었다.

유우는 아수라프레임 안에서 흐느끼면서 참극의 흔적이 생생하게 남아있는 전투 현장을 걸어 다녔다. 친구들이 찾으러 올

때까지, 한시도 발을 멈추지 않으며.

IIIIIIIIIIIIII

Fantasy has invaded,
Hero come back

이 세계,
습 격

프로젝트
리버스

"팬더모니엄 시리즈," 확장 드로이드

아리야 공중전 드로이드 부대의 지휘의 왕,이니까.

왕, 5호인, '바루나,'는 물의 왕이에요. 4호, '미트라,'는 대지의 기라는의 미죠.

아인 당신의 3호......루드라는,'하늘

유우 어째서?

아리야 유우 선배의 3호기는 4호,'5, 로이드의 종류가 특히 많습니다. 호프레임과 함께 연성할 수 있는 드

아인 드론시리즈야!

이쥬인 각 아수라프레임을을 지원하 기위해 나노머신으로 구축된 차세대

12체의 아수라프레임

유우 이지..... 생각해 보면 군사기밀이니까 말 일본이 특수한 거라고요.

아리야 애초에 국방용 결전병기를 소 재로 콜라보 상품을 신나게 찍어 댄 다고!

이쥬인 잘 알 수 없는 게 팬으로서는 답답하 에 있던가? 그 근방의 자세한 정보도 5호는 한국과 중국, 6호는 러시아 개발을 별로 안 한단 말이지. 4호와 3호기 이후의 아수라프레임은 상품

이쥬인 상표인지 권리인지의 문제로 기체였던 것 같은데......

아리야 으음...... 꽤 특이한 콘셉트의 럼 그다음인 6호는 뭔데?

이쥬인 즉 4호가 지상전 담당, 5호가 해상전 담당의 지휘기라는 건가. 그

유우 체야? 그럼 7호기 이후는 어떤 기

아리야 출력은 그대로 두고 얼마나 소 인간 사이즈의 강화 수트에 도달한 게 아수라프레임 개발의 역사라고 해요. 형화할 수 있는지를 추구하다가 마침내

이쥬인 직일을 수 있는 작은 게 더 유리한가...... 확실히 같은 파워면 빠르게 움 작아도 파워로는 뒤지지 않아! 차피 3호인 루드라 이후의 실전기를 만들어 내기 위한 시험기에 불과하다.

아인 (우쭐거리며) 흥. 그 녀석들은 어 호가 더 센 거야?!

유우 그럼 크기가 큰 만큼 1호와 2

아리야 사이즈도 1호기는 기○전사 성전사단○인듯이고 말이죠. 건○,2호기는 조금 더 줄어들어서

이쥬인 아니거든! 미국도 상품화에 호는 피규어나 프라모델 등 장난감이 많이 있다고. 저쪽이 3호보다 더 전 적극적이야. 저쪽에 배치된 1호와 2 투로봇 같아!

이세계,
습 격

프로젝트
리버스

여행의 시작

1

마이즈루시의 가설기지가 붕괴하고 사흘째 되는 날 아침.

유우는 이른 아침부터 아인을 데리고 시가지에 있었다. 의류양판점에서 여자 옷을 물색하기 위해서였다.

"오늘에야말로 여행 비품 조달을 도와줘야겠다, 유우!"

"지금 모습도 꽤 잘 어울려서 괜찮다고 보는데."

"무슨 소리지? 애초에 이 작업복이라는 것은 이름부터 낭만이 없지 않은가. 위도 아래도 다 풀색이라 밋밋하고. 내 눈에 차는 옷을 맞춰야겠다."

"의외네. 아인은 그런 패션 같은 건 신경 안 쓸 줄 알았어."

식료품과 달리 의류는 풍부하게 남아있었다.

진지한 눈빛으로 가게 안을 체크하는 아인 뒤에서 유우는 말했다.

"무사 같다고 해야 하나, 늘 고고한 느낌이었거든."

"유우. 이래 봬도 나는 의상 디자인을 따지는 편이다."

"알았어. 기억해둘게."

"그리고 무기의 품질도 따지지. 옷가게 다음은 무기점이나 대장간이다. 활과 검을 갖추고 싶다."

"그건 불가능해. 기껏해야 총과 나이프 정도야."

아인은 당장 입을 옷으로 카키색 작업복 상하 세트를 받았다.

그런 옷차림이어도 옷걸이가 다르다. 푸른빛이 도는 검은 머리카락에 빼어난 미모를 자랑하는 클론 엘프 소녀는 늘 빛이 났다. ……하지만 본인은 '촌스럽군'이라며 못마땅해했고, 이제야 간신히 마련한 새 옷을 만족스럽게 입고 있다.

하얀 니트 원피스에 진회색 레깅스. 튼튼한 군화. 그리고 챙이 달린 검은 야구모자──.

모자를 써도 아리야보다 더 귀가 길다. 바로 엘프라는 걸 알 수 있다.

뭐, 탁월한 아름다움과 체형, 무엇보다 강인한 눈빛 때문에 평범한 사람이 아니라는 건 일목요연하지만…….

그런 미소녀와 단둘이 마이즈루의 시가지를 걷고 있다.

──고로가다케의 가설기지는 거의 다 타버렸다.

생존자는 이치노세 유우와 세 명의 동료들 뿐.

그 습격 후 어제까지 계속 바빴다. 가까스로 화마를 피한 곳이나 다 타버린 흔적 위에서 쓸만한 도구와 식량을 회수할 필요가 있었기 때문이다.

그리고 희생자 추모.

시신은 대부분 불꽃이 삼켜버려 뼈밖에 남지 않았다.

그 뼈나 화마를 피한 시신을 최대한 모아 간단한 무덤을 만들었다. 이쥬인과 아리야, 아인과도 힘을 합쳐서.

다만 수가 너무 많았다. 전원을 수습하기에는 압도적으로 인원이 부족했다.

게다가 불길이 휩쓸고 간 자리에는 드래곤의 시체까지 있었다. 자신이 내뿜은 불꽃에 타버렸지만 대부분 남아있었다. 내버려 두면 벌레가 꼬이고 병원균이 번식할 것이다.

3호 프레임의 무기로 소멸시킬지 다 함께 상담했더니――.

옷가게에서 나와 돌아가는 길, 유우는 중얼거렸다.

"벌써 몇 번이나 봤지만, 이번에도 시체가 바로 사라졌어. 《포털》이 출현했을 때 죽은 사람이나 괴물은 바로 **풍화**해 버리지……."

어제 아침, 유우는 한숨을 쉬었다.

막대한 수의 시체를 앞에 두고 가급적 정성스럽게 묻어주고 싶었으나 인력이 부족했기 때문이다.

하지만 저녁이 되자 고민거리는 말 그대로 풍화해버렸다.

타고 남은 뼈가 재가 되어 무너지고, 바람에 흩날렸다. 썩기 시작했던 시체는 고작 반나절 만에 백골이 되어 그대로 무너져 흙으로 돌아갔다.

그리고 오늘 아침, 드디어 옷을 찾으러 갈 수 있게 되었다――.

새 옷으로 갈아입은 아인이 터덜터덜 걷는 유우 옆에서 말했다.

"환영의 성이 도래한 일대는―― **힘**에 탐욕스러워진다. 죽은 자들의 시신을 분해하여 흡수함으로써 정기와 마력을 높이려고 하지. 대지도, 물도, 바람조차도."

"아. 그거 클로에 선생님에게서도 들은 것 같아."

"그 녀석도 지금쯤은 먼지가 되어 하늘이나 바다로 돌아갔을 것이다."

토도 클로에의 시신은 매장하지 않고 보트에 띄워서 바다로 흘려보냈다.

엘프족에게는 오래전부터 수장 풍습이 있었기 때문이라는 아리야의 의견에 맞춰서. 그걸 떠올리며 목조여관 앞으로 돌아왔다.

그들은 다 타버린 기지에서 떠나 이곳에서 숙박하고 있었다.

"오. 이치노세와 아인 님이 돌아왔어!"

"슬슬 목적지를 정하도록 하죠. 회의 시작합시다!"

여관 앞에서 이쥬인과 아리야가 기다리고 있었다.

그대로 길거리에 주저앉아 야외 회의가 시작되었다.

"나는 마이즈루에서 동해를 따라 큐슈, 후쿠오카로 가는 거에 한 표! 내 가족이 마지막으로 연락이 됐을 때 임시정부가 생긴 후쿠오카에 간다고 했으니까."

"아리야는 산을 넘어서 오사카 방면으로 향하는 거에 한 표 넣겠습니다."

이쥬인의 의견에 하프 엘프 후배가 반대했다.

"엄마가 말씀하셨던 엘프들의 수상도시가 와카야마만에 있거든요. 먼저 오사카 방면으로 가서, 오사카만에서 와카야마만으로 가는 배 같은 걸 찾아봐요. 없어도《포털》의 전파방해 에어리어에서 빠져나온다면 3호의 위성통신으로 연락할 수 있고요."

고작 며칠 전에 어머니를 잃은 아리야는 그럭저럭 활발하게 행동하고 있다.

아마 조금 무리하면서. 유우는 평소보다 딱딱한 아리야의 표정을 통해 그렇게 짐작하고 있었다.

하지만 가혹한 현실을 극복하기 위해서는 명랑함이 효과적인 것도 사실이다. 그래서 일부러 필요 이상으로 배려하진 않았다.

게다가 참극에서부터 고작 사흘밖에 지나지 않았는데 자신과 이쥬인도 꽤 기운을 회복했다.

약 10개월 전에 일어난 '대후퇴' 이후 많은 죽음과 전투를 목격해왔다. 좋게도 나쁘게도 터프한 정신이 몸에 밴 건지도 모른다.

유우도 차분하게 발언했다.

"클로에 선생님의 오빠가 그쪽에 있다고 했었지?"

"네. 망명 엘프의 수상조계 '나유타'. 나달 외삼촌은 창설자 중 한 명이에요. 머리만 좋은 게 아니라, 성격이 끝내주게 더러워서 계책을 간계를 꾸미는 것도 특기인 사람이니까── 살아남았을 가능성이 크다고 봅니다!"

"혹시 나달 라프탈 타슈사하린튼 말인가?"

아인이 작은 목소리로 말했다.

어머니의 동족을 향해 아리야는 흥분한 모습으로 대답했다.

"외삼촌을 알고 계세요?! 나달 라프탈 뭐시기. 외삼촌의 풀네임은 그 혀가 꼬일 것 같은 발음이었어요!"

"내 오리지널…… 내 육체의 '어머니'는 알고 있었던 모양이군."

아인은 눈을 감고 생각에 잠기면서 중얼거렸다.

"나는 계속 잠들어있으면서 꿈을 꾸듯 이 세계나 닥쳐올 재앙, 싸움에 대한 것을 인식해왔다. **전생**의 기억도 아주 애매모호하지. 옛 지인의 얼굴도 잘 기억나지 않아. ……그런데 지금 그 이름과 어떤 기억이 확 되살아났다. '그 녀석, 이쪽 세계에서도 여전한가——.'"

"우와, 외삼촌을 실제로 아는 사람이 아니면 나오지 않을 법한 말이네요."

"분명 전생에서 엮였던 적이 있는 남자겠지. 좋게도 나쁘게도 인상이 강하니까, 아득한 기억의 일부가 되살아난 거다……."

"아인 님께서 그렇게까지 말하는 사람이라니, 엄청 궁금한데……."

어느새 아인에게 '님'을 붙여 부르고 있는 이쥬인.

하지만 이쥬인은 호기심을 떨쳐내듯 말했다.

"그래도 역시 후쿠오카로 가자고. 일본 정부가 어떻게 되어있을지도 궁금하고, 내 가족도 걱정되고……. 그 후에 수상조계에 가면 되잖아?"

이쥬인에게는 가족과 재회할 기회가 있다.

아마 자신에게는 **없다**. 그것을 깨닫고 유우는 '친구'를 응원하고 싶어졌다. 딱히 '엘프 마을'에 가장 먼저 가야 할 이유도 없으니까——.

하지만 아인이 말했다.

"나는 유우를 따라갈 뿐이니 어디로 가든 상관없다만. 한 가지 마음에 걸리는 것이 있으니…… 이쥬인이 조사해줬으면 한다."

"내가? 뭘?"

"유우의 몸과 아수라의 상태. 아마 이쥬인이 가장 특기인 분야일 거다."

"아하. 나노 대응 기기를 만져서 이것저것 확인하는 거 말이지!"

이쥬인의 나노 머신에 발현된 능력, '디바이스 관리'.

아리야는 감각계 능력인 '마법식별', '크리처 식별'에 눈을 떴다. 유우도 예상치 못했던 '3호 장착'이라는 힘을 얻었다.

아인에게 부탁받은 이쥬인은 '넵!' 하고 오른손을 들었다.

유우도 오른손을 들어 하이파이브. 손바닥의 나노 인터페이스를 통해 정보교환이 시작되었다.

"으음······. 3호 프레임의 장갑은 전투 때문에 여기저기 생채기가 났던 게 완전히 수복되었어. 새거나 마찬가지야. 아수라프레임에는 정말 생물 같은 자기 수복 능력이 있구나."

이쥬인은 눈을 감고 중얼거렸다.

"클로에 선생님도 '기계와 생체의 하이브리드'라고 했던가? 이런 식이면 어느 정도는 점검을 생략해도 운용할 수 있을 것 같고······. 진짜 말도 안 되는 존재라니까. 역시 작아도 결전 병기야."

"아수라는 그럴 테지. 유우 쪽은 어떤가?"

아인의 재촉을 받은 이쥬인이 눈을 감은 채로 눈썹을 찡그렸다.

잠시 무언. 생각에 잠겨있다. 유우가 걱정되기 시작했을 때, '친구'가 조용히 두 눈과 입을 열었다.

"전언 철회. 다들 바로 '수상조계'부터 가자."

"어? 괜찮겠어? 이쥬인."

유우의 질문에도 친구의 의견은 변하지 않았다.

"어. 그게 아마 좋을 것 같아. 2대 장착자가 된 이치노세의 몸에 어떤 변화가 생길지 잘 모르겠거든. 제대로 대응할 수 있는 연구자── 엘프 선생님이 있는 곳에 가장 먼저 가는 게 좋겠어."

"어, 엄청 불안해지는 소리 하지 마!"

당황하는 유우를 보고 이쥬인은 타이르듯 말을 이었다.

"으음, 뭐 일단 만약을 위해서야. 그리고 너, 3호를 장시간 장착하진 마라. 3호와 이치노세를 확인해보니까 막연히 떠오른단 말이지."

"뭐가?!"

"어딘가 '톱니바퀴가 안 맞는', 미묘하게 불길한 이미지. 지난 번처럼 10분, 20분이라면 괜찮을 것 같지만 몇 시간씩 장착하는 건 아마…… 위험할 거야. 이것도 선생님들에게 제대로 봐달라고 하자고!"

구체적이지 못한 주제에 몹시 위기감이 자극되는 경고였다.

아무튼 목적지는 정해졌다.

화마를 피한 군용 지프차에 화물을 싣고 출발 준비도 완료.

얼마 없는 가솔린도 싹싹 긁어모아 가득 채웠다. 단, 예비가 없으니 필요하다면 가는 길에 조달해야 한다.

참고로 유우도 이쥬인도 옷을 갈아입었다.

불편한 교복을 벗고 이쥬인은 분홍색 파카, 유우는 하얀 긴소매 티셔츠에 카키색 밀리터리 재킷을 입었다.

후배 아리야는 여전히 교복에 베레모 모습이었다.

"시끄러운 군대 녀석들도 없어졌는데 계속 그거 입게?"

"이러니저러니 해도 질이 좋고 튼튼하니까요. 바람도 잘 통하고. 지금은 패션보다 편안함이 먼저예요."

후배에게 물어본 뒤 유우는 연장자 소녀에게도 질문했다.

"아인은…… 총 쓸 수 있어?"

"일단은. 활을 더 잘 다루지만, 없으니 어쩔 수 없지. 아까 테스트 사격도 마쳤다. 제법 괜찮아서 마음에 들더군."

클론 엘프 소녀는 89식 소총을 들고 용맹하게 웃었다.

나일론 끈으로 어깨에 걸고 있다. 염원하던 '무기'를 손에 넣어 콧노래라도 흥얼거릴 것처럼 기분이 좋아 보였다.

호신용으로 다른 일행도 총을 소지했다.

그러나 가장 큰 무기는 3호 프레임과 클론 엘프 소녀――.

"그래도 아인. 정말로 괜찮아?"

무기를 얻고 흐뭇해하는 아인에게 유우가 진지하게 물었다.

"우리를 따라와도 돼? 모처럼 이상한 캡슐에서 나와 자유로워졌으니까, 네가 원하는 곳에 가는 것도……."

"유감이지만 가고 싶은 장소도 가야 할 장소도 모른다."

인조 생명이라고 해야 할 존재, 아인은 담백하게 대답했다.

"나에게 있는 것이라고는 몹시 애매모호한 전생의 기억. 이 지상과 **고향**, 두 개의 세계에 대한 불완전한 지식. 그리고 아수라를 쓰는 이를 도와야 한다는 마음뿐. 지금의 나는 어린아이나 마찬가지다."

아인은 자신의 가슴에 손을 올리고 말했다.

"폐가 아니라면 유우, 당신이 날 돌봐주었으면 한다."

"물론 괜찮은데―― 어린아이는커녕 오히려 아인이 우리를 돌

봐주는 것 같아. 엄청 든든하고."

"무르군. 나는 이래 봬도 어린아이 같은 구석이 있다."

"그러고 보면 옷이 마음에 안 든다고 상당히 불만이었지…….
아무튼 아인은 기억이 불확실하고, 엘프 여왕님의 클론체. 그렇
게 인식하면 되는 거지?"

"네? 유우 선배. 그거 언제 들은 거예요?"

아리야가 깜짝 놀랐다.

"아인 씨의 오리지널이 '엘프 여왕님'이라니. 그런 중대한 정
보는 따돌리지 말고 아리야에게도 알려달라고요, 아인 씨!"

"아니. 나는 아무것도 알려준 적 없다."

연하의 추궁을 받아도 아인은 여유로웠다.

"유우는 똑똑하니까. 네 어머니나 나 자신이 한 말을 통해 혼
자서 추측한 것이겠지. 당신의 총명함이 자랑스럽군."

"호들갑스럽게 칭찬하지 마. 조금만 생각하면 누구나 알아차
릴 일이잖아."

어쩌면 아인은 '칭찬해서 키워주는 타입'인 걸까?

유우를 칭찬할 기회를 절대 놓치려 하지 않는다. 지금도 만족
스러워하는 미소를 짓고 있는 게 영 민망했다.

"뭐, 그래도 수상조계에 가게 되어서 안심이에요."

아리야가 절절한 어조로 말했다.

"3호 프레임의 보유권은 조금 복잡해서, 망명 엘프의 '재단'에
한번 반납하는 게 무난하거든요."

"어? 3호는 일본 국방군 소속 아니었어?!"

놀라는 유우. 하프 엘프 후배는 깔끔하게 부정했다.

"장착자 3호는 그렇죠. 하지만 3호 프레임은 아니에요."

"그러고 보면 아수라프레임은 일본 말고도 배치되어 있지. 중국, 러시아, 한국 등등. 일본의 고유자산이 아니야."

이쥬인이 신음하듯 말했다.

유우는 TV에서 자주 봤던 전의 고취 광고를 떠올렸다.

국방군 입대와 전시 국채의 구매를 촉구하는 것으로, 3호 프레임의 영상을 대대적으로 사용했다. 아마도 그게 선입관의 근원이다.

유우는 당황하면서도 중얼거렸다.

"임대 이적……. 기간 한정으로 선수를 빌려오는 방식의 계약이라거나?"

"비슷할지도요. 아수라프레임은 말하자면 '엘프 왕국의 국보' 취급이거든요. 르누아르나 다빈치의 그림을 일정 기간 동안 빌려주는 느낌으로 여기저기에──."

3호 프레임과 관련된 각종 사정이 제법 복잡한 모양이다.

그 제조자들과 만나기 위한 여행이 드디어 시작되었다.

2

유우는 조수석, 운전사는 이쥬인.

여자 둘을 뒷좌석에 태우고 차가 출발했다. 교토부 북쪽 끝, 동해 연안에 있는 마이즈루시에서 남하하는 루트이다.

국도를 따라가기에 처음에는 민가나 가게도 많았다.

하지만 거리에 사람이 사라진 지 벌써 몇 달이 지났다. 통행인은 찾아볼 수 없고, 방치된 자동차만 눈에 띄었다. 그 외엔 일본원숭이나 사슴이 보이는 정도다.

길을 나아갈수록 건물도 줄어들었다.

진행 방향에 보이던 산들이 점점 가까워지고, 이윽고 산을 따라 난 길에 접어들자── 본격적인 고갯길이 시작되었다. 하지만.

"바로 산사태 때문에 막혀버리기냐!"

"아직 20분도 안 달렸는데 말이지⋯⋯."

이쥬인이 고함을 치고 유우도 투덜거렸다.

산의 비탈이 무너져서 도로 전체를 뒤덮었다. 아인은 정차한 차 뒷좌석에서 그걸 바라보며 씩 웃었다.

"드디어 당신이 나설 차례로군, 유우. 기대하마."

"3호의 성능이라면 차를 통째로 들어 올려도 마하의 속도로 날 수 있어요!"

아리야도 부추기며 말했다.

유우는 어깨를 으쓱한 뒤 지프차에서 내렸다. 3호를 사용하겠다고 생각한 순간, 나노 입자가 전신에서 뿜어져 나와 순식간에 장착이 완료되었다.

칠흑을 베이스로 금빛 장식이 들어간 장착자 3호의 출현──.

한편, 지프차 안에서 변신을 지켜본 동료 세 사람은 각자 다양한 반응을 보였다.

"훌륭하군. 천성이 거친 아수라를 잘 길들이고 있다."

"아니, 하지만 조금 더 화려한 게 좋지 않을까?"

"지금의 저 심플한 변신이 오히려 폼 잡는 느낌이 나서 거슬려요. 구렁이나 포즈까지 가는 건 지나치지지만요──."

"힘만 쓰면 되는 거니까 이걸로 충분해!"

반사적으로 소리친 유우. 그 목소리가 스피커를 통해 증폭되었다.

산사태가 난 고개에 유우의 목소리가 쩌렁쩌렁하게 울려 퍼졌다. 차 안에 있던 동료들은 물론이고 유우도 깜짝 놀랐다.

그 놀람에 반응한 건지 3호 프레임의 시야에 조작창이 나타났다.

"여기서 스피커의 볼륨을 조절할 수 있구나. 음성변조 기능까지 있네. 사용할 기회는 없어 보이지만……."

"유우 선배. 시험 삼아 확장 드로이드를 띄워보세요. 카메라가 달린 걸로."

아리야가 제안했다.

"잠시 이 앞의 길 상태를 하늘에서 촬영하는 거예요."

"오, 좋은 아이디어인데. 아리야 후배. 정보연결이 이어지는 범위 내에서라면 가뿐하게 원격조작할 수 있잖아."

이쥬인도 찬성했다. 하지만 당사자인 유우는 고개를 갸웃거렸다.

"내가 직접 날아서 보고 와도 되는데……."

"아니. 아수라의 성능을 직접 확인해보는 것도 좋은 경험이 된다. 유우."

아인의 말에 유우는 수긍하면서 마음을 바꿨다.

등에서 사출음이 났다. 공중촬영용 드로이드 《MUV 범블비》를 쏘아 보내면서 난 소리다. 크기와 모양은 말 그대로 검은 호박벌. 다만 날개를 움직이지 않고 소리 없이 날아갔다.

초소형 사이즈의 정찰 담당. 나노 입자가 없어도 사용할 수 있는 통상 장비다.

"응. 영상 왔어."

고도 50m의 하늘에서 촬영한 영상. 유우의 시야에 그 영상을 송출하는 창이 떴다.

마이즈루의 산간부를 넘어가는 국도 27호——. 군데군데 산이 무너지고, 나무가 대량으로 쓰러져서 길이 막혀있다. 불안이 적중했다.

유우는 반중력 리프터를 기동시켰다. 바닥에서 30cm만 허공으로 떴다.

"우선 눈앞의 흙더미를 어떻게 넘어갈지 말인데. ……아예 너희가 탄 지프차를 3호의 파워로 들어 올려서 오사카까지 날아갈까?"

"그건 포기하죠, 너무 위험해요."

아리야가 즉시 제지했다.

"선대 장착자가 재해로 출동했을 때—— 우쭐해져서 그 아이디어대로 구조가 필요한 사람들이 탄 버스를 통째로 들어 올려 공중수송하다가 손이 미끄러졌거든요……. 결국 3호는 관여하지 않은 사고로 은폐되었죠."

"군용기가 정비 불량으로 추락하는 수준의 불상사잖아!"

"알았어. 얌전히 차와 너희를 따로따로 나를게."

유우는 선언한 대로 먼저 지프차를 날랐다.

차체 아래로 들어가 3호 프레임의 두 팔로 높이 들어 올려서 비행. 도로를 뒤덮은 흙더미를 성큼 넘어갔다. 그다음엔 인간을 안아서 날랐다.

"매, 맨몸으로 하늘을 날다니, 미친 거 아냐? 생명줄도 없이!"

"절대 떨어트리면 안 돼요! 떨어트리면 절교할 거예요, 유우 선배!"

"오오! 역시 하늘은 좋군. 용을 탔을 때가 생각나."

마지막으로 나른 아인만이 웃고 있었다.

유우=3호 프레임의 목에 두 팔을 감고 공주님 안기 자세가 된 아인은 몹시 여유로웠다. 참으로 여걸이다. 어지간한 배짱이 아니다.

"아인에게는 무서운 게 없을 것 같아."

"아니. 미리 고백해두지만 술은 못 마신다. 두렵기까지 하지. 유우, 나에게 음주를 강요하진 말도록. 그런 짓을 했다간 울어 버릴 거다."

"오히려 보고 싶은데!"

눈앞을 가로막는 장해물은 흙더미, 쓰러진 나무와 전봇대, 붕괴한 건물 등.

우회할 필요가 생길 때마다 차를 세우고 '점프'로 운반했다. 여러 번 반복하다 보니 당연히 이동 속도가 느려졌다.

지프차가 간신히 마이즈루시에서 나와 아야베 시내로 들어갔을 때──.

이미 오후 2시가 넘었다. 그리고 이변의 징조를 발견했다.

변함없이 사람이 없는 길을 따라 편의점과 신용금고가 나란히 있었다. 그 앞에 십 수 대의 차가 멈춰 서 있었다.

"뭐, 뭐야? 저건!"

이쥬인이 놀라서 브레이크를 밟았다.

거의 모든 차가 사고가 난 상태였다. 가게에 처박은 승용차, 도로표지판과 충돌한 경차. 그러한 사고 차량에 들이받은 경트럭 등······.

"잠깐 보고 올게. 너희는 차에 남아있어!"

"어, 어어. 위험해 보이는 게 나오면 안전한 장소까지 도망칠게──."

"아니. 우리도 내리는 게 좋겠군. 자동차가 저렇게 모조리 망가진 이유가 무언가 있을 거다."

유우와 이쥬인의 대화에 아인이 끼어들었다.

"여, 역시 크리처의 짓인 건가요?! 아인 씨."

"글쎄. 가까이 가서 분석해보지 않는 한 뭐라 말할 수가 없는데······."

두려워하는 아리야에게 대답하며 아인은 뒷좌석의 문을 열었다.

다른 세 사람도 그 뒤를 따라 허둥지둥 차에서 내렸다. 클론엘프 소녀는 89식 소총을 익숙하게 겨눴다.

"우리보다 훨씬 숙달자 같은데요, 아인 님……."

"뛰어난 전사이기도 하다는 것은 내 자랑거리 중 하나이지. 무기는 바뀌었어도 싸움엔 익숙하다."

여왕의 클론이라는 아인은 위풍당당했다. 그래서인지 이쥬인이 이전보다 더 깍듯한 말투를 쓰기 시작했다.

넷이서 사고 차량이 가득한 곳으로 다가갔다.

유우는 '윽.'하고 신음을 흘렸다. 아스팔트 도로 위에 대량의 해골이 흩어져 있었다. 여기에서 몇십 명이나 되는 사람이 죽은 것이다.

"분명 피난 가는 도중이었겠죠. 명복을 빕니다……. 어라?"

안쓰러운 듯 손을 모아 눈을 감고 기도한 아리야가 갑자기 고개를 갸웃거렸다.

"좀 이상한데요. 자연스럽게 백골화했다면—— 뼈도 더 인간의 모습으로 나열되어 있어야 하지 않나요?"

"확실히 너무 뿔뿔이 흩어져있는데……."

"으억. 저 두개골은 커다란 구멍이 뚫려있어. 부러진 뼈도 꽤 많아. 누군가가 해골을 부순 건가?"

"혹은 **시체를 먹는 놈**이 있는 거겠지."

이쥬인의 추측에 아인이 말을 덧붙였다.

확신에 찬 말투. 잘 보니 차 밖이나 안이 혈흔으로 붉게 더러워진 사고 차량도 많았다. 이때 유우는 이미 장착을 마친 뒤였다.

3호 프레임의 색적 센서를 기동. 접근 중인 열원이 둘!

바로 정보연결을 사용해 적의 위치를 즉시 동료들에게 전달했다.

"다들 거리를 크게 벌려!"

유우의 목소리에 세 사람이 흩어졌다.

이쥬인은 쿵쿵, 아리야는 허둥지둥. 운동신경이 좋은 아인만은 재빠르게 달려 이곳에서 벗어났다.

적은 바로── 하늘에서 내려왔다.

"뭐, 뭐야 저거?! 닭? 도마뱀?"

『크리처명 식별! 코카트리스예요, 유우 선배!』

아리야에게서 메시지가 왔다.

교토의 시골길에 푸드덕푸드덕 어설픈 날갯짓을 하면서 마수가 내려섰다. 몸길이는 5m가 조금 못 될까. 전체적인 인상은 드래곤에 가깝다.

단, 목 위와 날개, 가슴은 닭. 배와 하반신은 도마뱀의 몸──.

새와 파충류의 키메라였다. 심지어 두 마리!

쿠케에에에에엑! 쿠케에에에에엑!

연이어서 괴조의 울음소리를 내는 코카트리스 두 마리.

기이하리만치 살기가 등등한 닭의 눈이 응시하자 유우는 자세를 잡았다. 괜찮다. 3호 프레임은 드래곤조차도 이겼으니까──.

타앙!

마음을 가다듬고 있었더니 갑자기 총성이 울려 퍼졌다.

무척 아름다운 자세로 89식 소총을 거머쥔 아인이 코카트리스 A의 목에 멋지게 명중시켰다. 피보라가 치솟았다.

하지만 5m짜리 거구는 조금 흔들렸을 뿐. 표적이 너무 크다.

"그렇다면!"

유우는 고속비행으로 코카트리스 A에게 빠르게 접근했다.

오른쪽 손바닥으로 깃털에 감싸인 닭의 가슴을 눌러 초진동음격. 체내조직을 흐물흐물 붕괴시키는 초음파로 선제공격을 가했다.

쿠에에에에에에에에에에에에에에엑?!

이번에 부리에서 나온 것은 단말마의 포효였다.

새이자 파충류이기도 한 거구가 '쿠웅!'하고 쓰러졌다. 적은 앞으로 한 마리. 이런 식이면 여유롭게 이길 수 있을지도 모른다며 유우가 낙관한 그때.

"어──?!"

3호 프레임의 시야에 3개의 창이 표시되었다.

동료들의 영상과 경고 알람. 이쥬인이 괴로워하는 얼굴로 콜록거렸다. 가냘픈 아리야는 웅크린 채 역시나 콜록콜록 힘들어했다. 아인은 입을 손으로 누르면서 험악한 표정으로 가장 어린 하프 엘프에게 달려갔다.

그리고 이제 한 마리만 남은 코카트리스 B──.

파트너를 잃은 키메라는 어째서인지 유우 일행을 덮치는 대신 부리를 크게 벌리며 좌우 날개를 펼치고 위협하는 포즈를 취했다.

……계시가 내려온 것처럼 기억이 플래시백되었다. 며칠 전의 풍경이다.

"그거구나!"

유우는 전신의 스러스터에서 제트 스트림을 분출했다.

구우웅! 3호 프레임을 발생원으로 하는 돌풍이 휘몰아친다. 휘몰아친다. 유우는 한동안 제트 스트림을 계속 뿜어냈다.

그러자 새 경고창이 출현했다.

센서가 공기 중에서 '독소'를 확인했다는 보고였다.

"괜찮아. 독은 이미── 전부 날려버렸을 거야."

『유우! 아수라보다 먼저 잘 깨달았다!』

아인에게서 칭찬하는 메시지가 날아왔다.

"처음 만난 날에 네가 알려주었잖아. 바람에 독을 섞는 방법. 그래서 더 강한 바람을 일으켜봤어."

유우는 덤덤하게 말했다.

"나는 3호가 지켜주지만, 너희들은 위험하니까."

『확실히 그때와 같은 상황이지만…… 이렇게 빠르게 손을 쓰다니.』

유우의 시야 속에 떠 있는 여러 개의 창.

그중 하나에서 아인이 감탄하는 표정을 짓고 있었다. 이쥬인, 아리야는 아직 콜록거리고 있으나 생명에 지장은 없어 보였다.

『아니, 그런가. 아마도 그 총명함도 이유 중 **하나**가 되겠지. 그렇기에 나의 직감과 아수라의 의지가 당신을 인정한 거야…….』

"아무튼 앞으로 한 마리! 힘내볼게!"

유우는 다시금 코카트리스 B를 바라보았다.

아직 부리를 크게 벌리고 있다. 이렇게 하여 이형(異形)의 몸뚱이에서 만들어낸 독소를 대기 중에 흩뿌리고 있는 모양이다.

사고가 난 자동차도 이 독에 당했을 것이다.

주행 중인 먹이를 발견하면 독소를 방출. 차에 타고 있는 사람은 몸부림치다 죽고, 차는 사고가 나서 정지. 차 안에서 시체를 끌어내 먹어 치우는──. 그런 사냥꾼이다.

쿠케에에에에에에에에에에엑!

갑자기 코카트리스 B가 소리쳤다.

두 눈이 요사스럽게 빛나더니 폭발이 일어났다. 유우의 몸──3호 프레임의 상반신이 별안간 '퍼엉!'하며 터졌다.

검은색과 금색으로 이루어진 아다마스 장갑에는 생채기 하나 없었다.

다만 같은 폭발이 유우와 3호 프레임의 상반신을 자꾸만 공격했다.

『코, 코카트리스는 눈에서 보이지 않는 광선을 쏴요. 맞은 곳이 폭발하는데…… 콜록, 콜록.』

"고마워, 아리야. 어떻게든 해볼게."

바라본 대상을 폭발시키는 마안(魔眼). 성가시지만, 안티 매직 셀 덕분에 충격도 대미지도 없다. 그렇다고 해도 유우 말고는 꽤 위험한 상황. 그러니──.

"가자, 3호."

유우는 조용히 중얼거리며 가속했다.

초속 3m가 넘는 빠른 속도로 코카트리스 B의 안면으로 뛰어들었다.

등 뒤에서 '퍼엉!', '퍼엉!' 하고 연속으로 폭발음이 일어나는 걸 들으며 닭의 이마로 날아가 무릎으로 찍었다.

오른쪽 무릎이 깃털과 살점을 파헤치고 두개골에 닿아 초진동 음격을 주입했다.

뇌수를 다이렉트로 꿰뚫는 사신의 무릎. 코카트리스 B는 뇌가 흐물흐물 곤죽이 되어 땅으로 쓰러졌다——.

"역시 그리 쉽게 이기진 못하는구나……."

그 사실을 통감하며 땅으로 내려선 유우는 힐끔 등 뒤를 보았다.

피로가 밀려왔다. 마수 코카트리스가 일으킨 폭발이 유우 일행이 타고 온 지프차를 덮친 상태였다.

표적이었던 유우가 고속으로 돌격하는 바람에 그 빗나간 공격을 맞은 것이다.

차체의 절반 이상이 날아가 버린 애차는 처참한 몰골이 되고 말았다.

3

교토부, 아야베시의 길거리에서 일행은 이동 수단을 잃었다.

그래도 대신할 차는 바로 발견했다. 원래의 주인을 코카트리스가 죽여버린 자동차는 사고 차량만이 아니었다. 유우 일행과 마찬가지로 직접 정차한 것으로 추정되는 라이트밴은 차키도 꽂혀 있어서 바로 갈아탈 수 있었다.

다행히 배터리도 무사하여 문제없이 시동이 걸렸다.

널려있는 차에서 가솔린도 빼내 라이트밴으로 옮겼다. 우연히 발견한 폴리에틸렌 탱크에도 담아 예비까지 조달했다.

하지만 '전화위복'이라고는 하기 어렵다.

"소지품 말고는 거의 차와 함께 날아가 버렸네요……."

"비장의 건빵과 컵라면, 통조림까지 전부……."

아리야와 이쥬인의 목소리가 어둡다.

HMD 고글이나 호신용 장비는 들고 나왔지만, 식량·잡화류는 대부분 폭발로 날아갔다. 유우도 어깨를 축 떨구고 말했다.

"미안해. 내가 좀 더 신경 썼다면……."

"아뇨. 승리를 최우선사항으로 두는 게 맞아요. 오히려 두 번째 전투에서 위험도 B+인 크리처를 순식간에 처리한 유우 선배에게 박수갈채를 보내야죠."

"그래. 그리고 먹을 건 또 발견하면 돼!"

아리야와 함께 격려해주는 이쥬인은 체격에서 연상되는 대로 대식가다.

최근 몇 달 동안 계속 굶주린 상태였던 남자가 뜨겁게 소리쳤다.

"오사카로 가는 건 일시 중단! 여기서 잠시 머무르며 캠핑이랑 저녁밥 준비를 하자!"

　아야베시는 오쿠교토라고도 불리며 산이 많은 지방 도시다.
　시내에 흐르는 유라 강에서는 은어도 잡힌다. 경치가 아름다운 곳이지만, 인구는 마이즈루시의 절반 이하일 것이다. 그만큼 민가나 가게도 적다.
　하지만 유우 일행에게는 사막의 오아시스와도 마찬가지인 장소가 되었다.
　지프차에서 갈아탄 라이트밴으로 여기저기를 돌자 예상했던 것보다 더 큰 수확을 얻었다.
　"만세! 손을 대지 않은 음식이 많이 있어!"
　"통조림에 레토르트 식품도 있잖아요! 주스, 인스턴트커피, 미네랄워터도 잔뜩 있어요!"
　"우와. 쥐가 갉아먹지 않은 봉지라면이라니 무지 오랜만이야."
　"오오오──?! 쌀! 파스타 면! 밀가루까지!"
　완전히 피난이 끝난 건지 어디에 가도 사람이 없다.
　하지만 눈에 띄는 편의점이며 슈퍼의 유리창을 깨고, 폐가가 되기 시작한 가게 안을 확인할 때마다 유우 일행은 흥분했다.
　아인만은 혼자 침착했지만.
　"다들 배가 고팠나 보군. 나는 뭐가 뭔지 전혀 알 수 없는 물품들이지만──."
　"아인은 원하는 거 없어? 술을 못 먹는다면 과자는?"
　"유우. 단것이 있다면 괜찮은 걸로 가져와다오. 이건 진심으로 당부하는 것이니…… 아무쪼록 잘 부탁한다."

근엄하게 의뢰하는 엘프 소녀는 몹시 진지한 표정이었다.

……전기, 물, 가스 등 라이프라인이 모두 멈춰버린 폐허 마을. 그 점은 마이즈루와 다를 게 없는데, 여기에는 식료품이 풍부하게 남아있다.

피난민이 없다는 이유에 더해 하나 더, 커다란 원인이——.

"쥐는커녕 들개도 원숭이도 보이지 않네요."

아리야가 밖을 보면서 말했다.

시골길을 달리는 라이트밴의 차 안.

건물과 건물 사이에 상당한 거리가 있어서 경치가 좋았다. 도시 특유의 갑갑함, 건물로 가득가득 차서 숨이 막히는 것과는 상반되는 거리 풍경이었다.

"아마도 곰도 없을 거예요. 덕분에 실온보관할 수 있는 식량이 얌전히 남아있어서 아주 다행이지만요…… 어째서일까요?"

"유우가 쓰러뜨린 마수, 너희들이 말하는 코카트리스가 있었기 때문이다."

아인이 담백하게 대답했다.

"그 녀석이 사는 소굴 근처에선 짐승이 서서히 사라져간다. 곰이든 늑대든 가차 없이 덮치는 데다 독까지 퍼트리니까."

"그렇구나. 죽기 싫으니까 도망친 거군요!"

"코카트리스는 날지 못하니까. 그래서 하늘에 관심이 없는 건지, 반대로 그런 모습이면서도 동료 의식이 있는 건지 날개를 지닌 것은 노리지 않지."

확실히 찌르레기나 까마귀, 직박구리 등은 몇 마리 보았다.

그리고 저녁 해가 기울어갈 무렵──.

유우 일행은 차에서 내려 먹을 수 있는 야생초를 찾았다. 3월 하순인 지금, 노리는 것은 길거리에 피어있는 민들레다. 잎사귀도 꽃도 가열하면 의외로 먹을 만해진다. 겨자나 쑥도 착실하게 찾으면 생각지도 못한 곳에서 발견할 수 있다.

"마이즈루에서 산나물을 캤을 때는 참 기뻤지."

나이치고는 정크 푸드를 싫어하는 유우가 작은 목소리로 말했다.

신선식품, 특히 신선한 채소가 몹시 그리웠다. 아리야도 동의했다.

"두릅이나 머위를 튀기면 아주 맛있었어요."

"하지만 양이 말이지. 사람이 많으니 나누면 먹을 양이 별로 없어. 그리고 냉이는 쓰고……."

이쥬인도 더해 잡담을 나누며 풀을 뜯었다.

그런 와중에 그들은 목격했다. 조금 앞에 있는── 사람의 키보다 더 길게 자란 풀숲에서 무언가가 뛰쳐나오는 것을.

……아인이 조용히 움직였다.

어깨에 맨 89식 소총을 겨누고 하늘을 향해 딱 한 발을 쏘았다.

타앙! 풀썩! 총성 후에 새가 떨어졌다. 머리부터 배에 걸쳐 난 깃털은 선명한 녹색. 눈 주위는 빨갛다. 수꿩이었다.

도시 출신에게는 낯선 야생조. 유우는 깜짝 놀랐지만.

"나도 식량 조달에 공헌하려고 생각해서 말이다."

아인은 아무렇지도 않다는 듯 말했다.

하늘이 완전히 어두워졌다.

산인본선의 아야베역과도 가까운, 시가지의 홈센터.

여기라면 바비큐 용품이나 요리도구, 페트병에 담긴 물도 바로 조달할 수 있다며 이쥬인이 눈도장을 찍었다. 가게만이 아니라 주차장도 넓다.

나무 탁자와 적당한 의자, LED 랜턴도 가게에서 밖으로 가져왔다.

"좀비물 드라마에서 쇼핑몰에 틀어박히는 마음을 알겠어! 다양하게 갖춰진 곳은 역시 좋다니까!"

"마을도 그런 느낌으로 사람이 없어졌고 말이죠!"

아리야도 기뻐 보였다. 일행은 요리 중이었다.

취사에 빼놓을 수 없는 물도 홈센터에는 미네랄 워터가 대량으로 쌓여있었다. 이쥬인은 그걸 마음껏 사용하며 가스버너와 냄비로 밥을 지었다.

전기가 끊어진 지 오래되었기 때문에 이런 식으로 밥을 짓는 것도 완전히 익숙해졌다.

가스캔과 연탄도 잔뜩 확보했다. 화력은 충분하다.

아리야는 바비큐 그릴로 두꺼운 베이컨을 구웠다.

진공팩에 보존되어 있던 것을 발견하고는 '유통 기한은 지났지만 괜찮아 보여요, 분명 괜찮을 거예요!'라는 마음으로 가져왔다.

그리고── 아인은 일을 한바탕 마쳤다.

갓 잡은 수꿩. 그 모가지를 뜯어내 피를 뺐다. 깃털을 뽑고 내장을 빼 나이프 하나로 해체. 깔끔하게 '고기'만 발라냈다.

"대단해. 마이즈루의 가설기지에 있던 사냥꾼 같아!"

유우는 감동해서 칭찬했다.

마이즈루에 갇힌 직후, 가설기지에는 사냥꾼 겸 농부인 아저씨도 있었다. 유우와 이쥬인은 그가 산에서 잡아 오는 멧돼지와 사슴을 해체하는 작업을 도왔었다. 하지만 사냥하던 도중에 들개 무리와 마주쳐서 불귀의 객이 되고 말았다……

일본의 남자 중학생에게 칭찬을 받자 아인은 신기해했다.

"이 정도는 사냥꾼이라면 누구나 할 수 있는 일인데?"

"그런 거야?! ……어라? 하지만 망명 엘프 사람들은 다들 채식 아니었어? 클로에 선생님도 그랬는데."

"그건 현자들의 관습이다. 왕족은 전사이자 사냥꾼. 규정도 다르지."

"엘프도 다양하구나."

유우는 감탄하면서 꿩고기와 마주 보았다.

가슴살. 왼쪽 다리와 오른쪽 다리의 넓적다리살. 목살. 안심. 엉덩잇살. 날개. 모래주머니나 심장 같은 내장도 먹고 싶지만, 야외에서 적출한 내장은 위험하다는 이야기도 있다. 눈물을 머금고 포기하며 이번에는 고기만──.

유우는 스테인리스 더치오븐을 바라보았다.

"시골에는 꿩고기 전골이 명물인 곳이 많다고 하던데……"

먼저 발라준 뼈를 집어넣으며 국물을 끓이고 있었다.

보글보글 끓는 물에 맛술, 튜브형 생강을 투입한 국물이다. 맛을 내는 기반은 소금. 지금 이곳에서 황금색 국물이 탄생하고 있었다.

유우는 메인디쉬 담당이었다.

꿩고기를 끓이기만 하는 것으로는 역시 섭섭하다.

건조 표고버섯을 불린 것과 당면, 갓 수확한 나물들, 척 보기에도 고급스러워 보이는 다시마도 집어넣었다. 야생에서 잡은 새고기이니 잡내가 심할지도 몰라서 거기에 대항할 수 있을 법한 물냉이도 넣었다. 강가에 나 있는 것을 발견해서 뜯어 왔다.

그 작업을 아인이 재미있어하며 지켜보았다.

"유우는 손재주가 좋군. 나는 고기를 굽는 정도밖에 못 한다. 존경한다."

아인처럼 대단한 미소녀가 물끄러미 주목하고 있다.

이국적인 미모와 강렬한 눈빛이 가까이 있다. 침착함이 사라져갔다. 유우는 가슴이 두근거리는 걸 들키지 않으려고 중얼거렸다.

"곧 독립할 생각이었고, 영양 밸런스도 챙기고 싶으니까. 혼자서 다양하게 만들 수 있도록 준비했어. 우리 집은 엄마도 아빠도 먹는 걸 좋아해서 요리에 대해서도 많이 가르쳐주셨고."

지금은 비실비실한 이치노세 유우. 근육 트레이닝 계통은 하지 않았다.

몸이 다 자라기 전에 근육이 너무 발달하면 성장에 지장을 주기 때문이다. 피지컬은 키가 다 큰 뒤에 단련하기 시작해야 한다.

그때까지는 잘 자고 균형 잡힌 식단을 갖추는 것이 최선의 트레이닝이다──.

한편 아인은 신기해했다.

"일본 내에서는 성인이 될 때까지 부모와 같이 사는 관습이 있지 않았던가?"

"나는 축구로 프로가 될 생각이었어. 시험에 합격해서 우라와 유스 소속이었고. 도쿄 말고 다른 팀── 아예 해외로 갈지도 모르잖아?"

"추꾸?"

"응. 어디 적당한 공이 있다면 실제로 보여줄게."

어리둥절한 표정인 아인에게 유우가 말했다.

도쿄에서 떠날 때까지는 애용하던 축구공도 함께였다. 하지만 '진로 변경'이라는 명목의 정신없는 퇴각 중에 행방불명이 됐다. 벌써 오랫동안 축구공을 차지 않았다──.

"오랜만인데, 이 냄새! 밥 다 됐어!"

이쥬인이 진심으로 기쁘다는 듯 소리쳤다.

쌀밥의 냄새, 취사가 완료되기 직전의 형언할 수 없는 맛있는 냄새가 흘러왔다.

"미친! 갓 지은 쌀밥이라니, 너무 오랜만이라서 심장 떨려!"

"꿈에 나오기까지 했어요. 다음에는 반드시 김으로 싸서 주먹밥을 만들어요!"

"으으. 밥만 먹었는데 왠지 눈물이 나⋯⋯!"

일본의 주식을 입에 넣자 아인을 제외한 전원이 감격에 겨워했다.

아리야도 일본에서 나고 자랐기 때문에 입맛은 유우, 이쥬인과 그리 다르지 않다. 일회용 그릇에 담은 밥을 젓가락으로 빠르게 먹어나갔다.

"베이컨의 저렴한 맛이 너무 최고예요! 군살 제조기 같은 기름에 중독될 것 같아서 못 참겠어요!"

"소시지나 햄이 진짜 그리워."

"꿩고기 전골 국물 끝내준다! 고기도 조금 딱딱하지만 괜찮아! 아니, 제대로 된 고기가 너무 오랜만이라 머릿속에서 뭔가 분비물이 콸콸 샘솟고 있어!"

"유우 선배, 동그랑땡까지 만드셨다니 나이스예요!"

"조미료도 많이 있길래 가슴살을 식칼로 다져서 된장과 생강으로 간을 내 봤어. 고기탕의 국물에 우동을 넣을 준비도 했는데…… 다들 아직 먹을 수 있어?"

"먹어야죠! 그거 분명 최고로 맛있을 거 아니에요!"

"우동 다음은 잡탕죽이다! 괜찮아, 내 위장에는 아직 빈 공간이 있어!"

오랫동안 결식아동이었던 중학생 세 명——.

마구 소란을 피우면서 참으로 잘 먹었다. 페트병에 담긴 보리차와 우롱차도 잘 마셨다. 옛날에는 길거리에 널린 음료였는데 너무 맛있었다.

신이 난 세 사람과 달리 아인은 계속 침착했다.

많이 먹는 세 사람을 자비로운 눈빛으로 지켜보면서도 제법 능숙하게 젓가락을 사용하며 느긋하게 식사했으나.

잡탕죽까지 먹은 뒤 유우가 내민 것을 보자 돌변했다.

"이, 이것은——?!"

"단것을 먹고 싶다고 했었잖아? 어때?"

복숭아 통조림을 열어 시럽과 함께 그릇에 옮겼다.

눈을 빛낸 아인이 복숭아를 깨물어 먹고, 투명한 액체도 한 모금 마시더니—— 갑자기 고개를 푹 숙였다. 유우는 이유를 알 수 없어 불안해졌으나.

아인은 어깨를 부들부들 떨 정도로 흥분하며 입꼬리를 씰룩거렸다.

"흐——흐흐흐흐. 뭐지? 이 천상의 감로라고 해야 할 법한 과일은……? 어쩌면 전생에서 먹었던 모든 음식보다 맛있을지도 모른다, 유우!"

"으응? 통조림을 딴 것뿐인데?!"

"말했지 않나. 나는 단것을 아주 좋아한다!"

아인은 환하게 웃으면서 낭랑하게 선언했다.

유우는 또다시 두근거렸다. 환희로 가득해진 아인이 너무 반짝반짝해서 그만 시선을 피해버렸다.

그러자 아인이 유우의 얼굴을 불쑥 들여다보며 꽃처럼 미소 지었다.

"미래의 아내를 기쁘게 해주려는 그 마음가짐…… 분명히 받아들였다."

"잠깐! 우리 관계가 어느새 바뀌지 않았어?!"

"뭐가 문제지? 당신과 나 사이에 '운명적인 무언가'가 있다는 걸 이 며칠 사이에 한층 강하게 느끼게 되었다."

"아리야와 이쥬인도 뭐라고 좀 해봐, 이 공주님에게!"

"뭐, 아인 님이 그렇게 하고 싶다면 괜찮지 않냐? 이치노세도 싫지 않잖아?"

"확실히 유우 선배 쪽이 더 못났지만, 그런 커플도 많이 있으니까요. 뭣하면 버진로드를 걸으실 때 들러리를 서 드릴 수도 있어요."

"둘 다 좀 더 진지하게 생각해줘!"

밤이 시끌벅적하게 깊어갔다.

홈센터 안에서 상품으로 진열된 이불을 슬쩍해 취침. 푹 잠든 뒤에는 느긋하게 늦잠을 자고 늦은 아침식사──.

"유우 선배! 이거 주먹밥이잖아요!"

"어젯밤에 아리야 후배가 말했기 때문이냐!"

"응. 속은 참치 마요네즈랑 통조림 닭고기, 스팸 같은 거야. 그쪽은 된장을 발라서 구운 주먹밥이고."

"어젯밤에 한 말 철회할게요! 아리야의 남편으로 삼아줄게요!"

"클로에의 딸이여. 해도 되는 말과 안 되는 말의 구별은 해야 하지 않나?"

점심에는 호화롭게 미네랄워터를 잔뜩 써서 소면을 삶았다.

고등어 통조림을 면에 뿌리고 튜브 생강, 흰깨, 된장도 넣어서 비볐다. 다들 후루룩 먹어 치웠다.

점심을 먹고 난 뒤에는 커피콩으로 커피를 우려내 평화로운 분위기로 휴식.

"벌써 몇 달 넘게 팍팍하게 살았잖아. 여기서 잠시 쉬다 갈까……."

"넘쳐나는 식량도 전부 가져가진 못하고 말이죠……."

"그럼 이렇게 된 거 시간을 들여서 뭣 좀 만들자. 밀가루와 박력분이 있으니—— 만두피를 만들 수 있겠어……."

"맞아요, 선배. 핫플레이트도 가게에 있었어요!"

"태양광 충전 포터블 전원도 있지! 신나게 굽자!"

저녁은 그리운 중화면. 간장 라면과 군만두.

인스턴트 건면을 삶아서 동결건조된 채소를 올렸다.

아인이 또 꿩을 잡아 왔기 때문에 차슈도 만들었다. 가슴살을 실로 묶어 요리용 지퍼백에 넣어 끓는 물에 담근다. 잠시 가열한 뒤에는 한 시간 동안 방치. 저온 요리 흉내였다. 낮은 온도에서 오래 삶으니 고기가 바삭하지 않고 촉촉한 식감이 되었다.

남은 꿩고기는 다시 식칼로 다졌다.

튜브형 마늘과 생강도 넣어서 수제 만두피로 감싼 뒤 구웠다.

"오랜만에 직접 밥상을 차리니까 만족감이 대단해……."

"레토르트나 인스턴트에 매번 불평했었으니까, 이치노세는."

"이쥬인은 배가 고플 때 샐러드 오일이며 마가린을 그냥 핥아 먹었잖아. 그건 좀 그랬어."

"야. 기름이 주는 만족감을 무시하지 마라?"

"앗. 고기 말고도 디저트풍 군만두까지 있어요."

"큭──. 뭐지, 이 수많은 단것들은?! 전부 다 다른 맛이라 마치 보석상자 같군……!"

"초콜릿을 넣은 거에 드라이후르츠랑 잼……. 이건 밀크 초콜릿, 파인애플 통조림에 복숭아 통조림……. 있는 걸로 세세하게 아이디어를 짜낸 배려에 완전히 위장을 빼앗겨버릴 것 같아요."

"저기, 아리야. 아인의 눈빛이 무서워지니까 이상한 농담은 그만둬줄래?"

그다음 날도 유우 일행은 태평하게, 한가롭게 지냈다.

그동안 겪은 일의 반동인 모양이다. 왠지 모르게 다리가 무거워져서, 쾌적한 오아시스에서 벗어날 마음이 들지 않았다.

하지만 아리야가 발견한 교토 가이드북으로 인해 분위기가 일변했다.

"이거 봐주세요! 차를 타고 조금만 더 가면 원천수가 흐르는 천연온천이 있다고 해요. 제대로 된 목욕을 할 수 있을지도 몰라요!"

"흐음? 좋은 소식이로군. 실은 나도 목욕을 제때 제때 하고 싶었다."

"하지만 그런 건 펌프로 퍼 올리는 거죠?"

"자연 용천수라면 괜찮을지도……. 그리고 전동펌프에 발전기를 연결해서 어떻게든 해 보면 기회는 있어!"

"그 자세다, 이쥬인. 나도 할 수 있는 것을 하마!"

뜨거운 물과 수건으로 몸을 닦는 등 최대한 청결을 유지하려고 노력했다.

하지만 물은 먹을 용도로도 중요하기 때문에 드럼통 목욕탕을 만드는 것도 망설여져서 본격적인 목욕은 계속 미뤄왔다.

그런고로──.

유우 일행은 라이트밴에 식량을 최대한 실은 뒤 출발했다.

무인 온천가에 도착한 것은 그로부터 몇 시간 뒤. 사람 한 명 보이지 않는 시골길에서 천연온천 탐사가 시작되었다.

"흐아아……. 뜨거운 물 속에서 평생 이렇게 살고 싶어요……."

"음. 확실히 욕조에 몸을 담그는 것은 좋지. 아리야의 마음도 이해한다."

아리야와 아인이 풀어져 있었다.

교토 중부의 깊숙한 곳에 은밀히 자리한 온천시설.

원천수를 쓴 노천온천에 몸을 담그고 여유롭게 목욕물을 만끽 중이었다. 여기를 찾아내기까지 고생도 했지만, 지금 와서는 사소한 일이다.

물론, 아무리 그래도 다들 알몸은 아니었다. 수영복을 입고 있었다.

아인은 체크무늬에 프릴이 달린 비키니.

발육상태는 충분하다 못해 넘쳐나서 나올 곳은 나오고 들어갈 곳은 쏙 들어간 클론 엘프. 눈 둘 곳이 난감해질 정도로 뛰어난 몸매였다.

그리고 아리야. 검은 원피스 수영복인 줄 알았더니.

뒤에서 보면 등을 가리는 면적이 적어서 마치 비키니 같았다.

레이스 속옷 같은 디자인이기도 했다. 그걸 가장 어린 아리야가 입고 있다.

왠지 배덕적인 기분에 유우는 여자들에게서 시선을 돌렸다.

유우와 이쥬인도 수영복을 입고 함께 몸을 담그고 있었기 때문이다.

"우와아. 몸이 완전히 퉁퉁 불었어……."

"목욕 마치고 이번엔 콜라 마시자. 지난번에 발견한 미니 냉장고를 충전해서 시원하게 해놨으니까……."

남자 둘은 온몸을 뜨거운 물에 담그는 쾌락에 몽롱해져 있었다.

처음에는 남녀 교대로 입욕했었으나, 다들 계속 몸을 담그고 싶어 하는 바람에 혼욕제로 바꾸었다.

여기는 암반욕이나 온수 수영장도 갖춘 시설이다.

판매 코너에서 수영복을 빌려와 지금은 남녀 넷이서 같은 물에 유유히 몸을 담그고 있다. 문득 아인이 말을 걸었다.

"그런데 유우, 마침내 내 몸을 찬찬히 관찰한 감상은 어떻지?"

"노코멘트! 대답하기 곤란한 걸 물어보지 마!"

"나였다면 솔직하게 말해버릴 텐데. 좋은 기회잖아."

"하지만 유우 선배는 아인 씨보다 아리야의 수영복을 더 자세히 보지 않았어요? 실은 성숙한 여성의 몸에 두려움을 느끼는 타입이라거나……? 역시 아리야의 신랑이 되는 게 더 행복해지지 않겠어요?"

"그, 그런 이상한 농담도 진짜 그만해!"

"그래, 아리야. 왕족의 소유물을 노린 도적은 손을 자르도록 되어 있다.”

늠름하면서도 무시무시한 아인의 시선을 받자──.

아리야는 장난꾸러기처럼 웃으며 혀를 빼꼼 내밀었다. 그 후
어깨까지 물속에 들어가 멍하니 중얼거렸다.

“의외로 계속 저희끼리만 이렇게 있는 게 행복할지도 모르겠
어요. 사람이 많이 있는 곳에 도착하면 또 귀찮은 일에 휘말릴
것 같으니까…….”

그들은 알지 못했다.

지금 이 말이 설마 예언이 될 줄은──.

4

“이미 오래전부터 알고 있었던 일이긴 하지만. 실제로 보니까
충격적이야…….”

3호 프레임 속에서 유우는 어둡게 속삭였다.

사츠키산과 미노오산은 오사카부 내에서도 퍽 북쪽에 위치한
산이다. 그 상공 400m에서 남서쪽을 바라보고 있다.

반년 전이었다면 대도시권의 풍경이 한눈에 들어왔을 터이다.

오사카시를 중심으로 평지에 도로와 건물이 가득가득 증식해
나갔던 대도시. 하지만 현재는 대부분이 물에 잠겨있었다.

바다── 오사카만이 침식되어 오사카평야는 거의 다 바닷물
에 가라앉고 말았다.

하늘 위에서 보면 코우베시나 히메지시 연안부까지 바닷물에

삼켜진 것이 일목요연했다. 역시 칸사이 도시권도 붕괴해 있었다. 도쿄 수도권과 마찬가지로…….

말문이 막혀버린 유우에게 메시지가 날아왔다.

『엄마가 그러셨어요. 작년 9월── 도쿄와 일본 정부가 붕괴하고 석 달 뒤에 칸사이에도 '물과 바람의 저주'가 걸렸다고.』

『태풍 같은 폭우와 해수면 상승이 수십 일씩 이어졌던 그건가…….』

아리야와 이쥬인이다. HMD 고글을 쓰고 3호 프레임의 시각 정보를 공유하고 있다. 둘 다 아연해하면서 목소리에 힘이 없다.

유우는 시선을 북동쪽으로도 돌려보았다.

"교토 쪽도 물로 가득해."

『요도강의 수계(水系)가 범람해서 교토분지도 저수지 상태가 되었구나. 우와아. 오사카평야에서 교토시까지 완전히 바다와 이어져 있잖아…….』

『신 오사카만…… 아니, 이제 신 칸사이만이라고 부르는 게 좋을지도 모르겠네요…….』

3호의 망원 카메라도 기동시켜서 다 함께 한숨을 쉬었다.

유우는 전부터 생각했던 아이디어를 중얼거렸다.

"아예 나 혼자 날아가서 큐슈나 홋카이도의 상황도 보고 올까? 3호의 속도라면 반나절 정도면──."

『하지 마. 전에도 말했지만, 장시간 가동은 조금 불안하니까.』

『맞아요……. 지금까지 최장기록은 첫 전투 때의 15분 42초. 갑자기 장시간 비행으로 인체 실험을 하는 건 아리야도 반대예요.』

유우는 어쩔 수 없이 하강하기 시작했다.

반중력 리프터 특유의 미끄러지는 듯한 비행으로 도쿄 스카이 트리 전망대와 비슷한 높이에서 순식간에 낮은 곳으로 돌아왔다.

오사카부 토요나카시——. 신흥 베드타운.

단바 고지의 산들도 가깝고 자연도 풍부하다. 이 시의 절반 이상이 수몰되어 있었다.

예전에는 오사카 국제공항도 있어 하늘의 현관문이기도 했다. 유우는 그 '유적지', 과거 활주로였던 곳에 내려서 보았다.

물이 얕다. 3호의 무릎 아래까지 바닷물에 잠겨있었다.

작은 물고기가 유우의 발밑을 지나갔다. 여기서 1km 정도 북쪽—— 북위 30도 근방까지 가면 물이 사라진다.

교토부 · 오사카부 · 효고현에 걸친 북위 34.47도의 선.

이 라인이야말로 '신 칸사이만'과 육지를 나누는 해안선이다.

……유우는 다시 날아올랐다.

3호 프레임의 광학미채도 켰다. 검은색과 금색 장갑을 주위 풍경에 동화시켜 시인성을 극소화하는 기능이다.

급가속용 제트 스트림은 쓰지 않고 신중하게 비행했다.

덕분에 거의 무음. 북북동으로 5km만 이동하여 단독주택과 아파트로 가득한 주택가에 살며시 착륙했다.

그곳에 동료들의 라이트밴이 기다리고 있었다.

또—— 결코 많지는 않지만, 길을 오가는 통행인도 드문드문 보였다.

그렇다. 이 근방은 '무인 거리'와는 다르다. 유우는 광학미채를 켠 상태로 라이트밴에 탄 뒤에야 장착을 해제했다.

귀찮은 일을 피하기 위해 3호 프레임은 사람들에게 보여주지 않을 방침이다.

마이즈루를 떠난 지 일주일이 지났다.

옆길로 새고 휴양도 하면서 산악 지대를 넘어, 오늘 아침 일찍 효고현의 카와니시시까지 왔다. 탄바 고지의 출입구라고도 할 수 있는 지역이다.

이 근방부터 조금씩 사람이 보이게 되었다.

하지만 유우 일행이 탄 라이트밴을 수상해하는 눈으로 노려보거나, 노골적으로 경계하는 등 우호적이라고 하기 어려웠다.

순찰하는 소규모 그룹도 있었다. 몇 명은 엽총을 소지했다.

여기저기 건물은 창문이 깨지고 문도 망가져 있었다. 완전히 슬럼가다.

……유독 뒤숭숭한 분위기. 거기서 유우 일행은 먼저 물가로 가 하늘에서 정보를 수집한 것이다. 집음 마이크로 '하계'의 소리도 녹음했다.

정차한 라이트밴 안에서는 그 성과가 재생되고 있었다.

『들었어? 오늘 아침에 처음 보는 차가 있었대.』

『설마 구조대?! ……그럴 리 없다. 어차피 어딘가에서 도망쳐 온 외부인이겠지.』

『뭐, 우리들도 대부분 그렇지만. 아, 당신은 토박이였던가?』

『아무튼. 밖에서 오는 도움은 기대하지 말아야 해. 마을 사람들만으로 생활을 꾸려나가야지. 외부에서 온 녀석이 얌전하다면 좋겠는데…….』

『도둑질 같은 걸 하는 녀석이면 또 혼쭐을 내줘야겠지…….』

여러 명의 남자가 주고받는 대화 구석구석에 섞여 있는 험악함.

운전석에 앉은 이쥬인은 녹음한 내용을 듣고 한숨을 쉬었다.

"이 근방은 타카라즈카나 미오노의 고급주택가도 가깝잖아? 그런데 그런 분위기가 아니다 싶더니, 밖에서 온 사람투성이였구나."

"나쁜 짓을 하는 사람이 많았던 거겠죠. 마을의 평화는 자신들이 지킨다는 자경단 분위기예요."

아리야도 감탄하는 얼굴로 중얼거렸다.

그 옆에서 아인이 89식 소총을 들고 단호하게 말했다.

"어쨌거나 직접 정보를 캐내고 싶군. 사람이 많은 곳에 가자. 이번에는 우리 전원이서."

"잠깐, 아인. 총을 들고 가게?!"

"**이런** 분위기의 마을에서 무기를 놓는 것은 현명한 선택이 아니다만?"

"으윽. 21세기의 일본인데 서부극 같아요……."

경험이 풍부한 전사다운 말에 유우는 놀라고, 아리야는 중얼거렸다.

사람들의 시선이 닿지 않는 곳에 라이트밴을 숨긴 뒤 네 사람은 사람들이 많이 지나다니는 곳으로 걸어갔다.

모노레일 선로와 고가철도가 나란히 동서로 뻗어있다.

그 아래쪽이 소소한 번화가를 이루고 있었다. 차가 들어오지 못하도록 길을 봉쇄하고 포장마차며 노점이 잔뜩 나와 있다.

도로를 따라가면 넓은 대학교 캠퍼스까지 있었다.

그리고 유우 일행은 오랜만에 100명이 넘는 사람을 보았다──.

무언가를 사고팔거나, 어슬렁어슬렁 걸어다니거나, 서서 대화하거나, 무언가를 먹기도 하는 등 다양한 사람이 있다.

분위기가 나빠서 그런지 여자와 아이는 별로 없었다. 남자투성이다.

넷이서 그 속으로 들어가 주위를 두리번거렸다.

"이거 제법 규모가 큰데!"

"좀 더 피난민 캠프 같은 느낌일 줄 알았어요!"

"앗. 저기에서 채소를 팔고 있어. 헉, 양배추가 하나에 5,000엔?!"

유우는 바로 한 가게를 발견했다.

채소를 담은 박스를 늘어놓고 있는 노점이었다. 하지만 박스에 큼직하게 붙어있는 가격표용 종이에는 말도 안 되는 가격이 적혀 있었다.

이쥬인과 아리야도 기가 막혀 했다.

"저쪽에선 포테토칩이 한 봉지에 7,000엔, 판초콜릿이 10,000엔이었어."

"날붙이를 늘어놓은 가게에선 식칼이 53,000엔이에요. 가격표가 완전히 엉망진창이네요."

"전쟁으로 물자가 부족해지면 가격이 오르지. 난세에서 흔히 보이는 풍경이군."

아인은 그럴 만도 하다는 얼굴로 고개를 끄덕였다.

웅성웅성 시끄러운 장소이기도 했다. 칸사이 사투리 말고도 표준어도 들렸다. 그래서 유우 일행이 조금 떠들어댄 정도로는 눈에 띄지 않을 텐데.

어느새 소음은 조용해지고 사람들이 이쪽을 주목하고 있었다.

특히 아인과 아리야, 노골적으로 귀가 긴 여자 두 명에게.

"……엘프 여자잖아. 예쁘게 생겼는데?"

"……멍청아. 겉보기에만 그래. 괴물과 동류라고."

"……전부 저 녀석들 때문에 엉망이 되어버렸는데……."

"……대화를 좀 해야겠는데? 총까지 들고 있잖아. 지난번 녀석들처럼 나쁜 짓을 저지르는 거 아니야?"

"……아니. **저쪽**에서 정찰하러 온 건 아니고?"

"……?! 괴물들을 여기에 부를지도 몰라!"

마이즈루에도 타케다 병장 같은 무리가 있었다.

하지만 지금 유우는 그것과는 또 다른 위험함을 느꼈다.

은은한 적의와 경계심으로 가득한 수군거림. 아리야와 아인을 바라보는 시선은 전부 끈적끈적했다.

아리야가 겁을 먹고 아인의 뒤에 숨었다.

클론 엘프 소녀는 아몬드형 눈동자를 크게 뜨고 당당히 군중을 둘러보았다.

"너희들, 잠시 이쪽에 좀 와 봐."

사람 좋아 보이는 아저씨가 말을 걸었다.

"몇 가지 질문에 대답해줬으면 하는데. 여기선 사람들에게 방해가 될 테니, 저쪽에서. 그 흉흉한 건 여기에 두고, 응?"

아저씨는 아인이 어깨에 걸고 있는 89식 소총을 손가락으로 가리키면서 웃었다.

"뭐라고 말 좀 해 봐, 아가씨. 아니면 일본어를 못하나……?"

꾸며낸 미소였다. 아저씨의 눈은 웃고 있지 않다.

겉으로만 생글생글. 하지만 필요 이상으로 강한 경계심이 보였다. 아인은 여유롭게 아저씨와 대치하였으나, 조금도 방심하지 않았다──.

"꺄악?!"

아리야의 비명. 어깨를 잡혔기 때문이다.

모여든 남자 중 몇 명이 하프 엘프를 옆에서 잡아당기고 억지로 밀쳐서 어딘가에 데려가려고 들었다.

아리야는 불안과 공포로 얼굴이 딱딱해져서 저항조차 하지 못했다──.

『유우. 거칠게 나가고 싶진 않지만, 어려울지도 모른다. 만에 하나의 사태엔…….』

『알았어. 어떻게든 해볼게!』

아인과 정보연결. 유우는 이미 3호 프레임을 사용해도 괜찮다는 마음가짐으로 동료에게 가려 했다.

……하지만 그보다 먼저.

"으아악?!"

모여든 남자들의 일부가 갑자기 흩어졌다.

그들의 머리 위로 인간 한 명이 하늘에서 떨어져 내렸기 때문이다.

어디서 날아온 건지는 불명이지만, 10대 후반의 여자였다.

코트 비슷해 보이는 옷의 소매를 날개처럼 펼치고 몹시 눈에 띄는 모습으로 지면에 내려섰다. 훌륭한 착지였다.

사람들이 주목하는 가운데 그녀는 다리를 다친 기색도 없이 일어나더니――.

"자자. 헛짓거리하지 말고 해산해."

긴장감이 없는, 밝은 목소리로 말했다.

여성용 기모노를 입고 있다. 유우는 처음엔 그렇게 생각했다.

하지만 은근히 아니었다. 탱크톱에 데님 핫팬츠를 입고 그 위에 후리소데를 코트처럼 걸치고 있었다.

하얀색 바탕에 모란 꽃무늬가 가득 그려진, 근사하고 화려한 후리소데였다.

심지어 머리카락은 새빨갛게 물들여서 포니테일로 묶었다.

"아니면 아저씨들, 나츠키 씨의 '부탁'을 못 들어주겠다는 거야? 이제 괴물 퇴치 안 해준다?"

눈에 띄는 것을 넘어서서 요란하기 짝이 없는 복장의 그녀는 오히려 귀여운 이목구비를 지녔다.

그리고 보란 듯이 무기를 소지하고 있었다. 칼―― 일본도가 꽂힌 검집에 벨트를 달아서 등에 매고 있던 것이다.

5

15분 뒤. 유우 일행은 조금 전과 완전히 반대되는 장소에 있었다.

대로를 면한 대학 캠퍼스 안. 어떤 교사의 3층. 코트처럼 후리소데를 걸친 소녀가 안내해주었다.

"하타노 나츠키, 17살, 전직 여고생. 잘 부탁해."

나츠키는 붙임성이 넘치는 미소로 이름을 밝혔다.

3인용 소파를 혼자 차지하고서 양반다리를 하고 앉았다. 맨발이 훤히 드러나기 때문에 눈부신 각선미가 드러났다.

한때는 강의실이었을 방은 꽤 넓었다.

단, 수업용 책상이나 의자는 없고, 탁자와 소파, 좌식 의자 등을 두고 커다란 양탄자도 깔아놓았다. 그 위에서 여러 명이 쉬고 있었다. 어디서 조달한 건지 권총, 자동소총, 금속 배트에 괭이 등이 놓여있는 건 시기가 시기이기 때문인 걸까.

다들 여자이기 때문에 유우가 물었다.

"여기는 밖과는 달리 여자가 많네요?"

"그래. 요즘은 흉흉하니까. 몸을 지킬 필요가 있는 사람들끼리 모여서 협동하고 있지! 나츠키 씨는 보디가드인 셈이고."

이 캠퍼스에서 본 사람은 반 이상이 여성이었다.

게다가 외국인도 많았다. 갈색이나 검은색 등 피부색도 각양각색, 머리색도 각양각색이라 무국적이라는 인상조차 들었다.

나츠키는 얄궂다는 듯 어깨를 으쓱하며 창문 밖으로 시선을 던졌다.

그녀가 점유한 소파는 창가에 붙어있어 조금만 옆이나 뒤로 고개를 돌리기만 해도 바깥 광경을 확인할 수 있다. 3층이라 전망도 좋았다.

"바깥의 아저씨들은 마을을 지킬 생각인 건 좋은데. 좀 눈에 띄는 사람이나 여자에게 **장난질**이 심할 때도 있거든. 나쁜 짓을 하는 건 아닌지 여기서 자주 감시하고 있지. 그랬더니 너희들——그것도 엘프가 왔단 말이야. 절대 무슨 일이 생길 거라고 짐작하고 가 봤더니 아니나 다를까."

"감사합니다! 덕분에 살았어요!"

아리야가 힘차게 인사했다. 그만큼 무서웠던 모양이다.

반면 유우는 조용히 고개를 갸웃거렸다. 여기서 감시했었다니. 설마 그대로 뛰어내린 걸까? 3층 높이의 창문에서……?

정체를 알 수 없는 전직 여고생. 이쥬인은 순진하게 감탄했다.

"아니 진짜, 말 좀 했다고 바깥 사람들이 해산하다니……. 나츠키 선배는 대단한 사람이네요."

"아니, 아니야. 그 정도까진 아닌데!"

칭찬을 받자 나츠키는 겸손해했다.

그래도 기쁜 건지 자꾸만 히죽거렸다. 감정이 바로 드러나는 사람인 듯했다. 그녀는 생글생글 웃으면서 아리야와 아인에게 윙크했다.

"뭐, 살짝 흑심도 있었고."

"괜찮다면 이야기를 들려다오. 은혜를 입었으니 최대한 갚고 싶다."

아인이 즉시 말했다. 클론 엘프 '공주님'은 소파에 기대어 세워둔 일본도를 힐금 쳐다봤다. 나츠키가 메고 있던 무기다.

"조금 전의 소동을 보았을 때, 당신은 이 무리에서도 걸출한 무사인 것 같더군. 그런 영웅과는 꼭 서로 도우며 가고 싶다."

"아하하. 고마워. 확실히 나츠키 씨는 꽤 강하긴 해."

나츠키는 자화자찬한 뒤 서글프게 말했다.

"그렇지 않은 사람…… 특히 환자나 노인, 아이는 무슨 일이 생기면 허무할 정도로 금방 죽어버리더라. 이 마을은 익숙하지 않은 밭일이나 낚시, 사냥으로 먹을 것을 어떻게든 조달하고 정수 설비로 최소한의 물은 확보하고 있지만, 약이나 의료품의 비축분이……. 큐슈의 임시정부는 본토에 있는 우리를 버렸고 말이야. **최근에는 무선도 연결되지 않게 되었어.**"

나츠키는 '항복'이라는 듯 만세했다.

"힘으로는 어떻게 할 수가 없는 것들투성이야. 이거 큰일 났네…… 하고 막막해하던 차에 소문을 들었어. 오사카만인지 어딘지에 엘프들이 사는 섬이 있다고. ……혹시 너희는 그곳에서 온 사람이야?"

"만약 그렇다면 어떻게 할 거지?"

아인의 질문에 사교성 좋은 전직 여고생이 즉답했다.

"나츠키 씨와 그 동료들도 돌아갈 때 같이 데려가 줘♪"

"그래. 알았다."

"헐! 설마 즉답이 나올 줄이야. 진짜 괜찮아?"

"맞아요, 아인 씨! 아리야끼리 정할 수 있는 일이──!"

"괜찮지 않나. 엘프의 도시에서 받아들여 주지 못한다고 하면 다른 안주할 수 있는 땅을 찾아주면 된다. 내 능력이 닿는 한 전력을 다하지."

아인은 가뿐하게, 그리고 당당하게 단언했다.

"이래 봬도 한때는 왕의 길을 걸었던 자의 복제다. 곤경에 처한 백성을 버렸다간 '어머니'를 뵐 낯이 없지. ……물론 모든 사람을 구할 수는 없지만. 적어도 가는 길에 연이 닿았던 자만이라도 어떻게든 해주고 싶다."

주눅 든 모습도 긴장한 모습도 없이, 아인은 담담하게 웃었다.

그게 유우에게는 몹시 통쾌하고 부러울 정도였다. 이렇게나 선행을 실천하는 걸 주저하지 않는 사람이 있다니.

하지만 그건 그렇다고 치고. 유우는 물었다.

"저기, 죄송합니다. 지금 나츠키 씨는 무선이 연결되지 않는다고 하셨죠?"

"그래. 이 근방은 크리처도 별로 없어서 비교적 안전했었거든. 그런데 근처에 **나오게** 되었어── 그 신기루 성. 덕분에 전파방해가 일어나서 무선 연락도 못 하게 되었지!"

나츠키는 천연덕스럽게 말했다.

"괴물들과 마주치는 확률도 올라가서 요즘은 마을에 있어도 안심할 수 없어! 그래서 아저씨들도 날이 서 있는 거야."

땡땡! 땡땡! 종을 치는 소리가 들렸다.

마치 경보와도 같은 소리에── 나츠키가 표정을 굳히고 일본도를 들었다.

"우와아. 바다에서 촉수가 꿈틀꿈틀. 몇 개나 있는 거야?!"

"공중촬영 중인 드로이드가 세고 있어요. 지금까지 센 것만으로도 152개. 신물이 나는 숫자네요……."

교사 옥상에서 이쥬인과 아리야가 말했다.

HMD 고글을 쓰고 확장 드로이드 《MUV 범블비》의 공중촬영 영상을 확인하는 중이었다. 아인은 옥상에서 마을의 광경을 바라보았다. 육안으로.

하지만 그걸로도 차고 넘칠 만큼 상황을 확인할 수 있었다.

──바다에서 하얀 촉수가 셀 수 없을 만큼 많이 기어 오고 있었다.

빨판이 빼곡하게 달린 촉수가 꿈틀꿈틀 움직였다. 문어나 오징어 같은 연체동물의 팔과 흡사하다.

이 촉수가 바닷가의 건물이나 그곳에 있던 인간을── 무차별적으로 휘감았다!

목조가옥은 순식간에 콰직 짓눌렸다. 콘크리트로 된 건조물도 전신주 정도라면 '우득' 하고 부러져 버렸다.

그리고 인간은 어째서인지 바싹 말라붙었다.

"정기를 흡수하는 괴물…… 쿰반다 일족이 바다에 숨어있군."

아인이 중얼거렸다.

맞서 싸우는 '마을' 측은 고전하고 있었다.

아리야를 붙잡았던 거친 남자들은 라이플이나 산탄총, 군대에서도 사용하던 89식 소총 등을 들고 여기저기에서 촉수를 향해 총격을 가했다.

——촉수는 통나무처럼 굵었다.

총탄을 쏟아붓자 하얀 살점이 호쾌하게 날아갔다. 커다란 구멍도 뚫렸다. 하지만 구멍투성이가 되어도 촉수는 아랑곳하지 않고 계속 움직였다.

어마어마한 생명력을 보여주면서 근처에 있는 사격수를 휘감았다.

남자들은 순식간에 바싹 말라붙어버렸다.

그래도 싸울 수밖에 없다. 그중엔 근접전을 시도하는 용맹한 사람도 있었다.

"오오. 저 사람들이 입고 있는 거 n형, 노멀 엑소프레임이야!"

이쥬인이 알아차렸다.

a형—— 아수라프레임보다는 땅딸막한 체형. 통나무에 팔다리가 달린 듯한 강화 전투 수트를 입은 전사가 몇 명 있었다.

비행은 불가능하지만 파워 어시스트, 내장 무기 등의 기능을 지녔다.

"저런 걸 갖고 있다는 건…… 국방군의 생존자, 전직 특수부대인가?!"

그들은 손도끼처럼 두툼한 전투용 나이프로 촉수를 베어나갔다.

명백히 훈련받은 자의 움직임이다. 재빠르고 무자비한 일격으로 촉수를 끊어버린다. 3호와 같은 성능의 고주파 블레이드를 휘두르는 것 같았다.

하지만── 잘라내도 마찬가지로 촉수는 움직임을 멈추지 않았다.

살아있는 뱀처럼 끊임없이 꿈틀거리며 나이프를 쓰는 손을 휘감아 무수히 많은 빨판을 흡착시켰다!

하지만 초탄성 티타늄 장갑의 보호를 받아 정기를 흡수당하는 기색은 없었다.

촉수에 묶인 채로도 필사적으로 나이프를 휘두르며 응전 중. 반대로 화려하게 적을 처치하는 검객도 한 명 있었다.

그녀의 활약을 알아차린 이쥬인이 소리쳤다.

"오오오! 너무 빨라서 징그러운데, 나츠키 선배!"

하얀 바탕에 모란꽃이 흩뿌려진 후리소데가 코트인 양 흩날렸다.

일본도를 들고 나비처럼 날아다니는 사무라이── 하타노 나츠키. 그녀가 우렁찬 기합과 함께 좌로 우로 도약을 반복했다.

"흐압! 이얍! 늦어!"

나츠키는 명랑하고 쾌활하게, 수라장에서도 웃는 얼굴이다.

메뚜기처럼 폴짝폴짝 점프하여 계속 자신의 위치를 바꾼다. 촉수가 날아갔을 때는 이미 몇 미터 밖으로 뛰어오른 뒤이다.

움직임이 너무 빨라서 가끔 순간이동이라도 하는 것처럼 보이기도 했다. 수많은 촉수 사이를 가로지르면서도 아직 상처 하나 없다. 그만큼 재빠르다.

심지어 매번 완벽한 테크닉으로 매서운 참격을 쏘아 보냈다.

"하하! 베어도 베어도 끝이 없는데? 나츠키 씨는 눈에 띄는 것도 난리 치는 것도 좋아하니까 기꺼이 상대해줄 수 있지만!"

그녀의 검이 종횡무진 가로지를 때마다 촉수가 두 갈래로 쪼개졌다.

베는 것만으로는 움직임을 멈추지 않는 크리처의 육체. 하지만 하타노 나츠키는 같은 촉수를 계속 베어서 길이 1m 이하의 고깃덩이로 바꿔버린다.

촉수가 바닥으로 떨어져 펄떡거렸다.

하지만 이 크기로는 인간을 옭아맬 수도 없다.

이런 파격적인 기술을 가능하게 만드는 것이 나츠키의 검술 실력이다. 날카롭게, 빠르게, 계속 움직이는 촉수에 칼날을 정확히 들이대고 꽂아 넣는다.

미끈거리는 체액 때문에 검이 아주 잘 미끄러지는데도 불구하고.

물론—— 이런 그녀에게 온갖 방향에서 수많은 촉수가 들이닥쳤다.

"나츠키 씨는 이쪽인데? 쫓아오면 감주라도 줄까?"

자신의 목숨이 판돈으로 걸려있는데도 쾌활하게 웃는다.

목숨을 건 놀이를 즐기며 붉은 머리카락과 후리소데와 일본도로 화려하게 무장한 협객——. 대담무쌍한 하타노 나츠키.

아리야는 그녀의 어떤 특징에 주목했다.

"저 언니가 쓰는 일본도는 군용 단분자 블레이드예요! 날카롭게 베일만 하네요! 움직임도 대단하지만, 대체 뭐 하는 사람인 거죠?!"

그리고 한 명 더, 범상치 않은 전사가 있었다.

햇빛을 받으면 황금색으로 빛나는── 칠흑의 금속. 3호 프레임을 입은 이치노세 유우. 동쪽으로, 서쪽으로 날아다니며 분전하고 있다.

고주파를 휘감은 수도로, 초음파를 쏘아 보내는 손바닥으로, 모든 것을 휩쓸어버리는 제트 스트림으로.

촉수들을 찢고, 뜯고, 날려버렸다.

하지만 이런 각개격파로는 시간이 지나치게 오래 걸린다──.

"선배! 공중촬영 드로이드가 모든 색적과 목표 설정을 완료했습니다!"

『알았어! 가스펠 부탁할게, 아인!』

정보연결. 유우의 요청에 아인은 즉시 대답했다.

"좋다. 방식은 당신에게 맡기지. 원하는 대로 하도록!"

준비를 마치고, 드디어 유우는 하늘로 올라갔다.

공중촬영 드로이드가 보낸 정보로 이미 조준 설정을 끝냈다. 목표는 바닷속에서 기어 나온 촉수, 무려 1062개──. 단.

"이쥬인. 나츠키 선배 근처에 있는 녀석들만 조준에서 뺄 수 있어?"

『어, 어째서?』

"드로이드를 잔뜩 보내면 오히려 방해가 될 것 같아. 그 사람에겐 넓은 공간을 자유롭게 쓰게 해주는 게 나아."

『확실히 그럴지도! 해볼게!』

곧바로 하타노 나츠키 주위의 조준 설정만 해제되었다.

빠르다. 이쥬인은 역시 확장 드로이드도 포함한 기계 관리능력이 뛰어난 모양이다. 게다가 가장 든든한 동료가 고대하던 것을 주었다──.

──그대, 마음의 월륜(月輪)에서 금강의 형상을 떠올려라.
──깨달은 자가 말하노니. 자신의 월륜 속에서 금강을 보라…….

아인의 아름다운 영창으로 인해 허리에 있는 프레이어 휠이 빠르게 회전했다.

가변 나노 입자도 3호 프레임의 전신에서 방출되었다. 그때와 같았다. 트롤 병사들을 전멸시켰을 때와.

"부탁할게, 3호……."

『선배! 확장 드로이드《MUV 차크람》, 기동했습니다!』

아리야의 보고. 도합 5,000대의 금속 고리형 드로이드가 실체화했다.

이리저리 흩어져서 지상으로 급강하했다.

고리의 가장자리는 칼날. 고속으로 회전하면서 피난민 마을 여기저기에 있는 하얀 촉수를 토막토막 베어나갔다.

어마어마한 생명력을 지닌 촉수들도 고깃덩어리가 되면 결국 활동을 멈췄다.

"으아아아아아악!? ……어라? 나 왜 살아있지?"

"지금 그건 뭐지? 작은 게 날아왔는데⋯⋯?"

"3호? 위를 봐. 저거 3호잖아?!"

"장착자 3호! 우와, 틀림없어!"

죽음을 목전에 두고 있던 마을 남자들━━ 가까스로 살아나 어안이 벙벙해져 있던 그들이었으나.

어느새 하늘 위, 그러니까 공중에서 진을 치고 있던 3호 프레임=이치노세 유우를 손가락질하며 응시했다.

"어라? 왜 보이는 거야?!"

『당연하죠. 광학미채를 써도 전투를 시작하면 off가 되니까요!』

『괜찮아, 괜찮아! 얼굴만 안 들키면 큰일 나진 않겠지!』

『유우. 나츠키를 조금 도와줘라. 칼이 망가진 모양이다.』

동료들과 정보연결로 대화하며 유우는 속도를 높였다.

구 오사카 국제공항━━.

지금은 바닷물이 넘실거려 여울이 되어버린 활주로에서 하타노 나츠키가 고군분투하고 있었다.

훌쩍훌쩍 날아다니면서 일본도 형태의 단분자 블레이드를 휘두르며 하얀 촉수를 홀로 토막 내고 있다.

하지만 점액 때문에 날의 예리함이 많이 열화되었다⋯⋯!

유우는 목에 감긴 노란 머플러, 《성해포》를 한 토막 찢었다. 신비로운 머플러는 즉시 엑스칼리버 모드로 변화했다.

그 검을 휘둘러 나츠키의 등 뒤로 뻗어오는 촉수를 일도양단했다.

"어라? 생각지도 못한 도우미?"

"선물입니다. 괜찮으시다면 이걸 사용해주세요."

"……응? 으으음…… 그 안에 있는 사람, 혹시 나랑 아는 사이야?"

유우가 내민 성해검을 주저 없이 받는 나츠키.

하지만 미심쩍은 얼굴로 '장착자 3호'를 바라보고 있다. 아차. 유우는 목소리가 원인임을 깨달았다. 음성변조는 이걸 위한 장비일텐데!

유우는 당황하며 날아올랐다.

이번에는 앞바다 부근으로. 바다를 노려보며 나노 입자를 방출하면서.

"아인! 그걸 쓰게 해줘. 적의 본체를 **끌어내겠어!**"

『좋다. 지금 이 순간, 거인의 팔을 당신의 것으로 만들어라. 마음껏 사용하도록!』

새로운 확장 드로이드가 구축되기 시작했다.

3호 프레임과 병행하며 날아가는 '거대한 팔'이다.

그것은 유우 일행이 애니메이션 등에서 본 가공의 인간형 전투기계── 거대 슈퍼 로봇 등의 팔과 같은 사이즈와 생김새였다.

확장 드로이드 《MUV 퍼펫 암》.

나노 머신으로 형성된 다기능 무인 기계(Multi-Function Unmannde Vehicle).

거인의 팔꿈치부터 주먹까지 뚝 잘라내 마법을 걸어놓은 것처럼 생겼다. 장착자 3호가 명령하는 대로 움직이며 도와준다.

전투기와 비슷한 크기에, 길이가 15m 정도는 될 것 같다.

유우는 자신의 주먹을 찔러넣으며 염원했다. '펀치!'하고.

──거대한 철권이 초음속으로 급강하하여 해수면을 강타했다.

성대한 물보라가 일었다.

하지만 표적은 해수면이 아니다. 공중촬영 드로이드가 상공에서 발견한 적의 본체. 계속 바다 밑에 숨어서 1,000개가 넘는 촉수를 지상으로 내보낸 놈…….

반응이 있다. 로켓 펀치는 바다 밑바닥에 있는 거대 크리처에게 타격을 가했다.

그대로 팔뚝형 드로이드에게 적의 **몸통**을 움켜쥐게 한 뒤, 바다 위── 유우가 기다리는 하늘까지 끌어당기게 했다.

바다를 가르고 나타난 것은 몸길이가 10m는 넘을 듯한 거대 오징어였다.

『크리처 식별! 위험도 A, 크라켄입니다!』

유우는 아리야의 보고를 받으며 마무리 공격을 가했다.

오징어의 몸통, 그곳에는 거대하면서도 징그러운 안구가 있다. 그 눈알을 향해 일직선으로 날아가며 발차기를 갈겼다. 이어서 근접 장비 · 전자접촉.

날아가던 기세를 실은 발차기와 초고압 전류가 담긴 전기 공격.

크라켄은 숨이 끊어져 축 늘어졌다. 팔뚝형 드로이드가 크라켄을 내던졌다. 이번에도 어떻게든 이겼다…….

유우는 한숨 돌리면서 남서쪽 방면의 바다와 하늘을 바라보았다.

망원 카메라도 기동했다. 현재 위치에서 33km 떨어진 바다 위에 적의 거점을 확인. 눈앞에 나타난 창에는 환영의 성《포털》이 비치고 있다.

수정궁이라는 느낌의 거대건조물로, 연꽃 받침대 위에 올라가 바다 위에 떠 있다.

스테이터스는 'Aerial'. 신기루 상태──.

"엘프의 수상조계는 저 너머에 있지?"

『공중촬영 드로이드를 날려서 위치를 확인해보자!』

『그렇다면 전령 역할도 맡기도록 해라. 새 아수라의 담당자가 곧 가겠다는 소식을 전하는 거지.』

『아리야가 문장을 입력할게요!』

하지만 목적지 앞에 범상치 않은 위협이 가로막고 있다.

유우는 적의 거점《포털》의 확대 영상을 보며 한숨을 쉬었다.

새로 얻은 기묘한 검을 휘두르며 분전하던 하타노 나츠키.

아크로바틱이나 체조경기처럼 화려하게 뛰어다니며 촉수를 썰어댄 그녀는 결국 상처 하나 없이 살아남았다.

"후우우. 이번에는 조금 위험했어."

설마 비장의 단분자 군용도가 점액에 당할 줄이야.

게다가 강화 수트를 입은 전사,《장착자 3호》가 빌려준 장검도 이미 나츠키의 손에서 사라진 뒤였다. 참으로 수수께끼다. 실은 애검 이상으로 베는 맛도 좋았다.

하지만 더 놀라운 것은 조금 전의 목소리.

"그 비실비실해 보이는 아이가 가면 히어로라니, 사람은 겉보기로 판단하면 안 된다니까. 나츠키 씨, 드디어 **동료**를 찾은 건지도 몰라."

눈에 힘을 주는 나츠키. 몇 km 저편의 바다 상공에서 《3호》가 공중에 떠 있었다. 평범한 시력으로는 점으로 보이지도 않을 것이다.

하지만 나츠키에게는 똑똑히 보였다.

"조금 전의 그 느낌대로라면, 저쪽도 틀림없는 나노 머신 이식자인데……."

이세계,
습격

프로젝트
리버스

오사카 횡단 계획

1

오사카만과 달리 와카야마만은 '대후퇴' 전과 크게 달라지지 않았다.

그 바다 위, 한때 키이 수도(水道)라고도 불렸던 뱃길 부근——.

북위 34.0도, 동경 134.5도.

그것이 수상조계 '나유타'의 위치였다. 시코쿠와 키이반도 사이에 있는 바다, 굳이 따지자면 시코쿠에 더 가까운 장소이다.

바다 위에 더 있는 부유체 부분은 직경 10km 정도의 원반형.

이곳에는 잡목림, 곡물을 키우는 밭이 펼쳐져 있고 중심에는 높이 300m가 넘는 탑이 우뚝 서 있다. 내부는 공장이자 거주 구역이다.

전부 '수상원부제(水上圓浮提) 프로젝트'의 산물이다.

망명 엘프 현자들이 운영하는 '현자 재단'이 중심이 되어 일본의 건축회사, 해양연구개발기구 등과도 제휴하여 창설되었다.

그리고 4월 1일. 월초의 이른 아침, 4시 반.

구식 화물선이 인공섬의 부두에서 출항했다.

"가능하다면 배가 떠나는 걸 지켜보는 쪽에 있고 싶었는데 요……."

시바 쥬로타는 절절히 중얼거렸다.

32살. 보통 체형에 보통 키. 길쭉한 얼굴에 안경을 쓰고 길게 기른 검은 머리카락을 목덜미 부근에서 묶었다. 참고로 머리 모양은 산발이 귀찮아서 묶은 결과로, 패션을 의식한 것은 아니다. 어디에나 있을 법한 평범하게 생긴 청년이었다.

복장도 베이지색 작업용 블루종에 카키색 카고바지. 촌스럽다.

뱃전 난간에 달라붙어 움찔거리면서 바다를 바라보고 있다.

"적의 《포털》이 진을 친 오사카만으로 들어가 본토로 간다니……. 중간에 크리처의 공격을 받으면 어쩌나 하고 벌써부터 위가 쿡쿡 쑤셔요."

"**대장**이 무슨 소리 하는 거야. 의연한 모습을 좀 보여줘야지."

알렉세이 보로노프가 기가 막힌다는 얼굴로 말했다.

크리처에게 점령당한 캄차카 반도에서 도망친 남자다. 피난처인 일본에서 또 같은 재난을 겪고, 지금은 인연이 닿아 수상조계 '나유타'에 몸을 의탁하고 있다.

러일 무역 업계에서 일했기 때문에 일본어도 유창하다.

다만 그의 험악한 얼굴과 역삼각형의 육체, 유난히 능숙한 사격 솜씨를 보고 '전직 용병? 아니면 마피아?'라며 고개를 갸웃거리는 인간도 많았다.

실제로 지금도 상반신은 반소매 티셔츠만 입어서 두꺼운 가슴 근육이 잘 보였다.

역전의 용병이라는 느낌이 드는 보로노프에게 시바는 절실히 호소했다.

"그래도. 저는 오사카만―― 아니, 이제 신 칸사이만인가? 아무튼 구 오사카를 가로지른다는 도전은 하지 말아야 한다고 생각하는데요…….”

“안심해. 바다 위의 《포털》을 크게 우회하는 코스니까.”

러시아 출신의 중년 남자는 지역 토박이처럼 단언했다.

“몇 번이나 ‘신 칸사이만’을 오간 내 경험을 믿어. 이 코스대로 가면 크리처는 안 나와.”

“그렇습니까? 믿을 테니까요.”

“뭐, 여차할 때는 당신이 쓸 총도 있어. 기대할게, 전직 군인 양반.”

“그러니까! 제가 제일 기대하면 안 되는 전력이라고요!”

이 배에는 약 20명 정도가 타고 있다.

다들 사냥 · 조타술 · 군무 등의 경험자로 총기나 바다에 익숙하다.

무기도 전원이 쓸 수 있을 만큼 있다. 러시아제 자동소총 AK47을 수상조계의 공방에서 복제하는 등 ‘자기방어’를 위해 만들어낸 물품들이다.

그리고 시바 쥬타로는 전직 국방육군 준위——.

“실력 없거든요! 저는 군인이라고 해도 사무 쪽이었어요.”

“그런 것치고 나달 이사…… 엘프의 높으신 분은 당신을 우대하고 있던데. 갓 만들어진 시민군에서도 부대 하나를 맡길 생각이잖아?”

“아니. 소문이에요, 소문.”

보로노프의 말을 듣고 시바는 허둥지둥 부정했다.

“애초에 **그 부대**에 필요한 인재가 없다고요. 그래서 그림의

떡으로 끝날…… 줄 알았는데 말이죠."

시바는 주머니에서 '호박벌'을 꺼냈다.

진짜는 아니다. 벌의 모습을 본뜬 기계다. 정교한 금속제품. 메인 기체에서 전력과 동력을 공급하면 바로 부우웅하며 하늘을 날아다니는──.

"그건 뭐야?"

"《팬더모니엄》 시리즈의 확장 드로이드입니다. 12체 있는 아수라 님 중엔 육지의 왕과 바다의 왕, 그리고 하늘의 왕이 있는데요. 이건 하늘의 왕에 속한 기종이죠. 이 녀석의 주인과 정체불명의 VIP로부터 연락이 와서……."

이들을 반드시 데려와라.

시바는 그런 엄명을 받고 나오게 되었다.

휴먼의 배가 오가는 지상 세계의 바다.

그 바다 위에 '신기루 성'이 있다. 바다에 떠 있는 받침대 부분은 직경 1km나 되는 거대한 크기로 연꽃 모양이었다.

그리고 받침대 위에 있는 것은 투명한 푸른 수정으로 된 궁전.

벽도 기둥도 천장도 전부 다 수정이다. 물론 건축물에 사용할 수 있는 광물이 아니다. 하지만 그 정도의 문제는 걸출한 마법사라면 쉽게 해결할 수 있는 것──.

"오랜만이네, 사자자리의 문주(門主)님."

"안녕, 콰르달드. 회오리바람의 문주를 맞이하게 되어서 영광이야."

수정궁 깊숙한 곳에 자리하는 넓은 공간.

성을 관장하는《문주》의 방에 두 남녀가 있었다. 늠름한 미모의 청년과 바람이 불면 꺾일 듯 가녀린 미소녀.

휴먼이라면 12세 전후일 것으로 보이는 소녀가 쿡쿡 웃었다.

"사자자리의 스카르샹스는 맹우 콰르달드를 환영해줄게. 당신과 나는 둘 다《선택받은 달바의 종족》. 물론 말 한마디 없이 방문한 건 무례하다고 생각하지만. 동격인 걸 고려해서 쫓아내진 않을게!"

앉아 있던 스카르샹스가 우아하게 다리를 꼬았다.

가냘픈 몸에 휘감은 옷감은 하얀색에 꽃무늬 자수를 놓아 화사했다.

다만 그녀는 의자에 앉아있는 게 아니었다. 황금빛 갈기를 지닌 사자── 그 등에 앉아있다.

사자는 당연히 살아있는 생물로, 조용히 으르렁거리면서 위협했다.

홀에 나타난 침입자, 회오리바람의 콰르달드를 향해.

"이거 실례. 하지만 용서해줘!"

콰르달드는 잘생기게 웃고는 미안해하는 기색 없이 말했다.

"알다시피 나는 선풍의 아이. 바람은 누구에게도 속박당하지 않고 어디까지고 날아가는 법. 회오리바람의 장난으로 생각하고 부디 관대하게 봐주길."

말이 끝나자마자 콰르달드의 모습이 사라졌다.

한 줄기 바람이 홀 내에서 휘몰아쳤다. 하지만 그것도 찰나.

회오리바람은 청년 콰르달드의 모습으로 돌아가 다시 실체화했다──.

품이 넓은 파란색 외투를 입고 나무 지팡이를 들고 있다.

이치노세 유우가 '그'를 보면 경악할 것이다. 마이즈루의 하늘에 나타난《포털》성채에서 유우의 첫 출진을 지켜보고《데스스펠》을 구사했던 인물이기 때문이다.

"좋아. 두 번은 용서하지 않겠지만, 이번만큼은 불문에 부쳐줄게."

스카르샹스는 도도한 얼굴로 말했다.

"그래서 오늘은 무슨 용건으로 온 건데?"

"……실은 네게 알려주고 싶은 소식이 있어서 왔어. 칠흑과 황금의 전사에 대해."

"그게 뭔데?"

"이미 네 성 근처까지 와 있더군. 예전에도 어딘가의 전장에서 본 적이 있지만, 그때와는 거의 다른 사람이야. 지금의 그는──《금강을 두른 자》의 영역에 도달해 있어."

"원숭이나 마찬가지인 휴먼이 기도의 고리를 각성시켰다는 거야?!"

뜻밖의 정보에 스카르샹스는 경탄했다.

지구로 도망친《호수와 숲의 현자》들이 미개한 민족에게 지혜를 빌려줘서 금강의 문을 열려고 했다는 건 들었다. 하지만 설마 성공할 줄이야.

"후후후후. 그럼 기회가 있다면 정중히 대접해야겠어."

아련한 미모의 소녀, 스카르샹스.

하지만 지금 그 입가에 번진 것은 매서운 사냥꾼의 미소였다. 그녀를 등 위에 앉힌 사자도 크르르르 하고 낮게 울었다.

2

1년 전에는 오사카부 토요나카시라고 불리던 곳.

지금은 '신 칸사이만'과 붙어있는 바닷가──. 갈 곳을 잃은 피난민들은 이곳에 소소한 마을을 이루었다.

포장마차, 노점이 모인 고가철도 아래가 말하자면 메인 스트리트다.

그곳에 면한 대학 캠퍼스. 부지가 꽤 넓고, 교육시설뿐만이 아니라 야생조가 사는 숲, 저수지 등도 포함하고 있다.

벽으로 둘러싸인 대학 내부에는 바깥 마을과는 별개의 커뮤니티가 형성되었다.

"바깥 남자들은 완전히 불량해졌으니까."

하타노 나츠키는 고개를 절레절레 내저을 기세로 말했다.

"여자는 밖을 돌아다니기만 해도 위험해. 의지할 곳을 잃은 여자나 아이를 데리고 있는 가족── 아저씨들에게 찍힐 만한 사람들이 여기서 공동생활을 하지. 원래 대학에 다니던 학생들과 선생님들도 있어."

강의실이었던 곳에 생활용품을 가져와 리폼한 대형 방이다.

크라켄이 습격한 다음 날. 유우 일행은 하타노 나츠키와 늦은 아침식사를 함께 먹었다.

탁자 위 핫플레이트는 태양광으로 충전한 휴대용 전지에 이어져 있다. 밀가루 반죽이 지글지글 소리를 냈다. 오코노미야키다.

"확실히 밖에 여자는 거의 없었어요."

아리야가 고개를 끄덕였다.

남자들이 우글거리는 바깥과 달리 캠퍼스 내에서 생활하는 사람들은 반 이상이 여자다.

어린아이도 있고, 아버지로 보이는 분위기인 남성도 있다. 피부와 머리카락 색에서 바로 외국인의 피가 흐르는 것으로 보이는 사람들도. 유우는 이해했다.

"그래서 그런가? 아인과 아리야를 이상한 눈으로 보는 사람이 적어."

"그래. 바깥보다 확실히 편하군."

아인도 인정했다.

주걱으로 반죽을 뒤집은 나츠키가 감개무량하다는 말투로 말했다.

"여기에 도착할 때까지 엄~청 고생했어. 해외의 좀비물 드라마에서 시즌 3개 분량은 뽑을 수 있을 만큼 파란만장한 경험을 한 것 같아. 하지만 이 학교에는 운 좋게 친환경 발전과 물 재생 시스템의 실험설비가 있었거든."

"그러게요. 특이하다고 생각했어요."

이쥬인이 끼어들었다.

"엘프 선생님들과 관련이 있는 연구시설처럼 커다란 풍차와 태양광 패널이 여럿 있던데. 그거 초전도 모터 같은 거에 쓰는 거죠?"

"그래. 엘프의 연구소와 대학이 제휴 관계였대."

환경에 부담을 주지 않는 친환경 에너지 개발.

수자원 재활용, 이산화탄소 무배출, 완전 자급자족 등.

망명 엘프 현자들이 힘을 쏟았던 연구 분야라고 한다. 덕분에 최근 몇십 년 사이에 극적인 진화를 이룩했다나.

이곳이나 마이즈루의 자급설비, 아수라프레임의 동력원은 그 산물이다.

나츠키는 그립다는 듯 말했다.

"처음에는 대학 캠퍼스 내의 저수지에서 물을 끌어와 재생 시스템으로 정화했었지. 전기도 자가 발전할 수 있도록 했고. 그랬더니 바깥의 아저씨들이 '여길 우리에게 넘겨라!'하고 쳐들어와서 한참 싸웠지 뭐야. 마지막엔 바다 옆에 물 재생 시스템을 하나 더 두고 지역의 공동재산으로 삼아서 마무리 지었고──."

"그렇게 될 때까지 나츠키도 여러 번 나섰겠군."

아인의 단정적인 발언에 본인은 민망해하며 웃었다.

"그건 뭐, 이래저래 좀! 나쁜 짓을 저지르는 몹쓸 놈에게는 그에 맞는 보복을. 나쁜 짓으로는 끝나지 않을 수준의 악행을 저지른 자식에게는 봐주지 않고 제재를── 이랄까."

"나츠키 선배네도 고생이 많았군요……."

유우는 숙연하게 중얼거렸다.

참고로 지금 요리 중인 오코노미야키의 재료로 쓴 밀가루는 유우 일행이 가져온 것이다. 신세 지게 된다는 이유로 가져온 식량을 전부 넘겼다.

반죽에 듬뿍 넣은 양배추와 숙주나물, 달걀 등은 저쪽에서 제 공했다.

캠퍼스 내에 밭을 일구고 닭도 사육하고 있었다. 마요네즈는 없지만 다행히 소스와 파래, 레토르트 생강 절임은 있었다.

갓 구워낸 오코노미야키를 다 함께 후우후우 불면서 먹기 시 작했다.

다만 아인은 혼자 유우가 구운 것을 입에 가져갔다──.

"크윽──! 부드러운 반죽에 까슬까슬한 설탕이 들어갔군……! 유우, 늘 그렇지만 나를 얼마나 기쁘게 할 생각이냐!"

"호들갑스럽긴. 오코노미야키의 반죽에 굵은 설탕을 뿌려서 빙글빙글 말았을 뿐이야."

"설탕 구이라니, 할아버지 같은 방식을 다 아네? 유우 군."

'군'이라는 호칭을 붙여서 유우를 부른 나츠키가 얼굴을 불쑥 들이밀었다.

핫플레이트를 사이에 두고 마주 앉아있던 두 사람. 유우의 얼굴 바로 앞에 나츠키의 귀여운 얼굴이 다가왔다. 코와 코가 부딪칠 것 같았다.

킁킁. 킁킁. 빨간 머리의 사무라이 소녀는 어째서인지 냄새를 맡아댔다.

유우는 얼굴이 가까워서 허둥거리며── 기묘하다고 느꼈다.

목 뒤쪽이 왠지 간질간질하다. 나츠키와 거리가 가까워지는 바람에 유우의 몸이 무언가를 느끼고 있다. 뭘까?

그런 두 사람을 보며 아인이 눈썹을 찡그렸다.

"하타노 나츠키. 미리 말해두지만 유우의 소유권은 나에게 있다."

"그런 말 하지 말고, 조금만. ――응. 역시 그래. 유우 군, 네가 그 '본체'지?"

"무, 무슨 소리예요? 그건."

유우는 내심 심장이 철렁하는 걸 느끼며 즉답했다. 하지만 나츠키는 단호하게 말했다.

"그 유명한 장착자 3호. 부활한 히어로의 조종자."

"아, 아니! 무슨 말씀을 하시는 거예요. 나츠키 선배!"

"맞아요. 유우 선배일 리 없잖아요. 중학생인걸요!"

이쥬인과 아리야가 당황하며 거들어주었다.

하지만 나츠키는 확신에 찬 얼굴로 히죽 웃었다.

"그걸 알 수 있단 말이지. ……다시 자기소개를 할게. 하타노 나츠키, 17살. 전직 여고생, 검술 실력 좋음. 검도 10단인 할아버지 선생님에게 이긴 적 있음. 고류검술의 면허개전도 별로 어렵지 않았지. 유도 6단과 종합격투기 챔피언도 지루했어. 그리고 **이거**."

나츠키가 활짝 펼쳐 보인 오른손. 손바닥에 고리 모양의 빛이 떠 있었다.

나노 머신 이식자가 인자를 기동시켰을 때의 빛. 하타노 나츠키는 그걸 보여주며 생글생글 웃는 얼굴로 제안했다.

"일단 정보연결 승인해둘까? 그거 편리하잖아!"

"대단하다고는 생각했는데, 나츠키 씨도 이식자였다니……."

아침식사 후, 유우는 교사에서 나와 산책하기 시작했다.

우선 정문 쪽으로 향하고 있다. 동행자는 아인 한 명뿐——.

"프라즈나의 지혜의 열쇠…… 나노 머신은 내 몸에도 녹아들어 있다. 이 육체가 창조되었을 때 그런 조치를 받았지. 덕분에 지상에서 천공장서에 접속하여 가스펠을 끌어낼 수 있다."

나란히 걷는 아인의 말에 유우는 고개를 끄덕였다.

전투 중에 몇 번이고 봤던 『Mantra Server——』로 시작하는 메시지. 그때 아인은 체내의 나노 머신을 총동원하고 있다고 한다.

"하지만 그건 내 지각과 정신에 기반한 능력이다. 하타노 나츠키처럼 육체 능력으로 나타나는 경우도 있군."

아인은 유우의 야윈 몸을 힐끔 쳐다봤다.

"유우의 몸으로도 같은 것을 할 수 있을지도 모른다. 아수라를 휘감은 당신은 마치 역전의 용사. 넋을 잃고 바라볼 정도로 멋지게 싸우지."

"그거 프레임의 어시스트 능력 같은 거 아니야?!"

"그런 기능은 없다. 아마 유우의 육체가 전투에 눈을 뜬 것이겠지."

"으음……. 확실히 3호로 있을 때는 몸이 아주 매끄럽게 움직여지고 **다양한 것**을 할 수 있게 되지만. 왠지 기쁘지가 않아."

다양한 것. 전투 시의 움직임. 격투술.

축구공만 다뤄왔던 이치노세 유우가 알 리 없는 기술. 하지만 프레임을 장착하고 있을 때는 놀라우리만치 자연스럽게 몸이 움직인다.

그게 나노 머신의 효용이라고 한다면 확실히 맨몸으로도 행사할 수 있을 터.

아인의 지적에 유우는 마음이 무거워졌다. 어째서일까──?

"오오. 이쪽은 퍽 떠들썩한데? 유우."

"그러게. 아니 잠깐, 술 파티잖아?!"

교문 밖에는 노점과 남자들만 득실거리는 번화가가 펼쳐져 있다.

아스팔트 도로에 의자와 탁자를 꺼내놓고 돗자리를 깔아서 꽃놀이하는 것 같은 연회가 개최 중이었다.

대부분 남자로, 수십 명이 넘는 젊은이, 중년, 노인이 모여있었다.

근처로 가기만 해도 술 냄새가 진동했다. 소주병과 캔맥주, 하이볼, 위스키, 직접 담근 것으로 추정되는 매실주에 막걸리 용기까지 있었다.

지금은 기호품이 귀중해졌으니, 분명 비장의 보물을 가져와서 벌이는 술 파티일 것이다.

다들 어떤 화제로 신이 나 있었다.

"설마── 우리의 3호가 돌아오다니!"

"누구냐! 그 녀석은 죽었다고 한 놈!"

"아하하하! 이제 크리처에게 죽을 걱정을 안 해도 돼!"

"장착자 3호의 부활에 건배!"

"오오! 일본은 아직 괜찮다고!"

누군가가 선창을 외치자 남자들이 바로 컵이나 캔을 들어 올린 뒤 술을 들이켰다.

어마어마하게 들뜬 모습이다. 기쁜 소식이 거의 없는 상황에서 구국의 영웅이 부활했다는 소식은 그만큼 충격적이었던 모양이다.

아인은 흥미로워하면서, 유우는 민망해하면서 그들을 바라보았다.

참고로 캠퍼스에서 나와 연회를 벌이는 어른들 근처까지 와 있었다.

어제와는 달리 위험하지 않기 때문이다. 술 파티에 흥이 오른 남자 몇 명이 아인을 보고는 웃으며 말을 걸었다.

"오, 그쪽 중재로 피난처를 마련해주게 되었다면서?!"

"고맙다, 정말! 괜찮다면 이쪽에 와서 같이 안 마실래?"

"먹을 것도 많이 있어! 사양하지 말고 와!"

하루 사이에 사실이 묘하게 왜곡된 소문이 퍼져버렸다.

덕분에 이런 환영 분위기다. 총을 두고 왔는데도 전혀 불안하지 않았다. 아인은 의젓하게 고개를 끄덕이며 흘려넘겼고, 유우는 애서 웃으면서 주정뱅이들에게 대응했다.

이 이상 휘말리기 전에 그 자리를 떠났다.

"다들 제멋대로야. 어제는 그런 짓을 한 주제에……."

"어쩔 수 없지. 휴먼이든 엘프든 인간의 본성이란 그런 법이다."

푸념하는 유우와 달리 아인은 달관한 태도였다.

"평온하게 사는 선인이 아무런 악행도 저지르지 않냐고 한다면 그렇지 않다. 거짓말, 절도, 타인에게 상처를 주고 때로는 살인조차 저지르지. 반대로 셀 수 없이 많은 죄를 저지른 죄인이 간혹 변덕을 부려서 선행을 하기도 한다. 선악이란 참으로 표리일체라고 본다만."

"으음. 신경 쓰지 않는 게 좋으려나……."

어제 유우 일행은 3호 프레임으로 마을 사람들을 구했다.

죽은 사람도 적지 않았으나, 그래도 많은 사람의 목숨을 지킨 것 같다. 하지만 아주 조금, 잡념이 고개를 든 것도 사실이다.

──나츠키 선배가 오지 않았다면 아리야는 어떻게 되었을까?

──선배의 이야기에 따르면 마을 사람들은 '나쁜 짓'을 꽤 저질렀다고 하고…….

사람들을 구할 수 있었던 건 솔직히 기쁘다.

하지만 아쉽게도 지키고 싶지 않은 사람들, 화가 나는 사람들도 존재하지 않는가. 그야말로 마이즈루의 가설기지를 이끌던 군인들 같은.

그런 생각을 하는 자신을 깨달은 유우는 한숨을 쉬었다.

"나는 아마 '만인의 히어로'에 적합한 성격은 아닐 거야."

"그건 모르겠지만, 유우. 조금 전에 한 이야기를 시험해보겠나?"

걷는 사이에 인기척이 없는 주택가까지 와 있었다.

거리 한복판에서 아인의 제안을 들은 유우는 어리둥절해졌다.

"무슨 소리야?"

"당신이 아수라 없이도 전투력을 발휘할 수 있는가. 괜찮다면 내가 상대하지."

아인이 스윽 자세를 취했다.

격투술인 모양이다. 오른손을 뻗어 유우의 얼굴로 손바닥을 향했다. 벌어진 왼손은 아인의 얼굴 앞에 두고 있는데, 아마도 방어용인 듯했다.

하지만 유우는 고개를 저었다.

"지금은 됐어. 역시 '나'와 '장착자 3호'는 어디까지나 다른 사람으로 두고 싶다고 해야 하나. 그 모습일 때는 아주 쉽게——할 수 있으니까……."

대답하는 유우의 목소리는 끝에 가서는 아주 작아져 있었다.

살육. 학살. 무기를 휘두르고 대량의 흉기를 흩뿌린다.

상대가 크리처니까 아직 가까스로 선을 그어놓고 있다. 사람들을 지키기 위해서라며. 하지만 신기할 정도로 3호의 힘이나 승리를 자랑할 마음은 들지 않았다.

어쩌면——.

설령 상대가 '적'이라고 해도 수많은 목숨을 빼앗은 사실은 달라지지 않는다.

그 죄책감을 인정하고 싶지 않은 마음이 깊은 곳에 웅크리고 있기에 무의식중에 자신과 '장착자 3호'를 구분하고 싶어지는 걸까……?

대답이 나오지 않는 질문을 스스로에게 던지면서 우울해하는 유우. 그러자.

"그렇군…… 역시 유우. 제법 참신한 발상이다."

아인은 어째서인지 감탄하는 표정이었다.

"내 기억 속에 있는 영웅이나 호걸들은 다들 맨 얼굴을 드러내고 화려하게 행동하며 영웅임을 천하에 보여주고자 했다. ……멀리 있는 자는 소리로나마 들어라, 가까이 있다면 다가와서 그 눈으로 보라―― 하며."

"그거 고문학 수업시간에 배운 것 같아."

"후후후. 살짝 일본식으로 말해보았다. 하지만 유우가 한 말과는 완전히 정반대지. 신기하군. 지금 그 말을 듣고 묘하게 두근거려."

"어째서?!"

처음에는 우울해하는 이치노세 유우에게 기운을 북돋아 주려고 하는 농담인 줄 알았다.

하지만 아인은 몹시 즐거워하는 얼굴로 이쪽을 똑바로 바라보았다. 그녀의 눈동자에 빨려 들어갈 것 같다는 생각에 유우의 가슴이 두근거렸다.

"가면을 쓰고 맨 얼굴을 보여주지 않는 영웅…… 나는 아마도 지금까지 상상조차 하지 않았던 존재의 탄생에 입회하고 있다. 그 확신이 솟구쳤다. 유우―― 당신은 유일무이, 공전절후의 영웅이 될 거다."

아인의 손이 다가와 유우의 손을 꽉 붙잡았다.

강한 힘이 든든하다. 차분해진다. 유우는 타인이 곁에 있어 준다는 것에 놀라우리만치 치유되는 자신을 깨닫고 말았다. 다만.

"미리 말해두는데, 가면 히어로는 우리 세계에선 득시글거리거든?"

입으로는 제대로 지적하는 것을 잊지 않았다.

아인은 경탄하며 아몬드형의 눈을 크게 떴다.

"그런가? 나는 전혀 몰랐다!"

"어린이용 TV 드라마나 영화에서 그렇다는 거지만."

"둘 다 모르는 단어로군…… 아무튼 유우, 좋은 기회이니 말해두지. 내가 망명 엘프 동포를 찾아가는 것은 단순히 당신의 목적지이기 때문이다. 나는 늘 유우 곁에서 온 힘을 다해 당신을 받쳐주고 싶다. 그게 최우선사항이다."

아인은 아주 진지하게 단언했다.

그것이 가슴속에 절절히 스며들자 유우는 조금 눈물을 글썽이고 말았다.

"응……. 왠지 정말 기뻐."

"물론 언제나 함께 있어 주는 소녀에게 정이 붙어서 당신도 나를 사랑해야한다고는 생각하지만, 그건 서두르지 않아도 괜찮다. 사랑의 벼락을 맞고 순식간에 사랑에 빠지는 경우도 있지만, 차근차근 키워나가는 애정도 있으니까. 유우는 이 방면에 둔감한 것 같으니 느긋하게 기다릴 작정이다. 아니면 맹렬하게 어택하는 게 좋은가?"

"자각이 없는 것 같지만 아인은 이미 넘치도록 맹렬하거든?!"

갑자기 분위기가 바뀌자 유우는 큰소리로 외쳤다.

우울해질 때는 다른 사람과 함께 있기 싫어하는 타입이지만, 어째서인지 아이과 **잡담하는** 건 고통스럽지 않다──. 그걸 자각했을 때.

떠들썩한 쪽에서 걸어온 안경 청년이 말을 걸었다.

"엘프 아가씨. 이거 당신 것 아닙니까?"

그가 내민 손 위에는 호박벌형 확장 드로이드가 놓여있었다. 공중촬영용《MUV 범블비》. 그렇다면.

"시바라고 합니다. 수상조계 '나유타'에서 왔습니다."

3

신 칸사이만의 바닷가에 생겨난 피난민 거주 구역.

대략 400명 전후의 사람들이 살고 있다고 한다. 내륙 쪽도 합치면 40~50명 정도 더 늘어난다── 는 것이 나츠키의 설명.

지금 그중 절반 가까이 되는 인원이 바다 바로 옆에 모여 있었다.

원래는 저층 단독주택으로 이뤄진 주택가에 바다에서 밀려온 모래가 퇴적되어 아스팔트 도로가 모래사장이 되어가고 있는 구역. 많은 사람이 모래 위에서, 혹은 주택 지붕 위에 올라가서 **출항**을 바라보고 있다.

기대하는 눈빛도 있고, 불만 어린 눈빛도 있었다.

"아이고. 간신히 출항하게 되었네요."

안경을 쓰고 작업용 블루종을 입은 수수한 청년, 시바 쥬로타가 중얼거렸다.

육지에서 멀어져가는 화물선, 그 선미에서 바닷가에 남은 사람들을 바라보고 있다. 유우와 동료들도 함께 있었다.

오후 3시가 지난 시각, 이제 곧 날이 저물기 시작한다.

"이야기를 정리하느라 실컷 싸웠지. 어제도 그저께도 주민설명회 같았어."

유우의 중얼거림에 이쥬인이 대답했다.

"뭐, 전원을 한꺼번에 태울 수 없으니 어쩔 수 없잖아."

아무런 화물을 싣지 않은 중형 화물선. 피난민도 200명 정도 타고 있다.

환자나 체력이 떨어진 사람, 노인, 어린아이가 비교적 많았다.

선착장도 없기 때문에 승선은 고무보트로 이뤄졌다. 육지에서 조금 떨어진 바다 위에 정박한 화물선으로 차례차례 이동했다. 이것도 시간이 걸린 원인이다.

"하지만 자기들이 남겠다고 한 사람도 있었잖아요."

아리야의 지적에 하타노 나츠키가 어깨를 으쓱했다.

"어쩔 수 없어. 다들 몇 번이고 기대를 배신당해왔걸랑."

"무슨 뜻이에요?"

"실은 우리 쪽에도 배는 있어. 표류한 걸 수리했지. 그걸로 바다를 건너서 구조나 피난민 수용 신청을 하러 가기도 했지. 아와지섬이나 시코쿠에. 무선으로는 답이 없다면서. 하지만 그쪽은 진짜 매정했어."

나츠키는 손가락을 꼽으며 말했다.

"거의 다 '구하러 갈 수 있다면 갈지도 모른다'고만 하고 아무 것도 안 해줘. 억지로 쳐들어간 피난민은 일단 받아들여 주긴 했는데. 토박이들이 냉대하거나 식량 배급도 제대로 돌아오지 않거나── 모처럼 이동했는데 돌아온 사람도 꽤 있지."

"아하⋯⋯."

시바 청년이 이해했다는 얼굴로 고개를 끄덕였다.

"임시정부는 거의 기능하지 않고 있고, 어떻게든 행정을 유지하고 있는 지자체도 식량과 자원 부족으로 허덕이고 있으니까요. 그럴 만도 하죠."

"큐슈 쪽도 그 정도인 거야?!"

가족이 그쪽에 있을지도 모르는 이쥬인이 당황했다.

한편 아인은 흥미로워하며 말했다.

"시바라고 했던가. 당신 쪽은 조금 여유가 있어 보이는군."

"뭐, 다른 곳보다는 좀 낫죠. 뭐니 뭐니 해도 식량과 라이프라인의 완전 자급을 목표로 한 수상도시니까요. 특히 물과 전력은 그리 부족하지 않습니다. 다만── 그렇다고 해서 적극적으로 바깥에 구조의 손을 뻗을 수 있는 것도 아니라서요⋯⋯."

시바는 '하아' 하고 깊은 한숨을 쉬었다.

"수상조계에는 현재 본토에서 도망쳐온 정치가에 관료, 국방군 상층부의 생존자 등도 있거든요. 그들이 조계의 자치정부에 감 놔라 배 놔라 하고 간섭해대는 통에 벌써 몇 달이나 지지부진한 상황이 이어지고 있습니다."

"나달은 그걸 잠자코 보고 있는 건가? 당신은 그 녀석의 부하잖나?"

수상조계의 유력자라는 아리야의 외삼촌.

아인이 그 이름을 꺼내자 시바의 표정이 밝아졌다.

"아, 이사님과 아는 사이셨습니까? 네. '정말 곤란하군'이라면서 기본적으로는 높으신 분들에게 굽신거리라고 하셨죠. 하지만 여러분이 보낸 드로이드와 편지가 도착하자마자 피난민을 받아들이라고 어마어마한 속도로 이사회에 선박 파견을 승인시켰는데——."

"장착자 3호와 아인 씨에 대해 알렸으니까 그렇겠죠."

아리야가 슬쩍 끼어들었다.

"아마 지금은 시기가 안 좋다고 생각해서 저연비로 보내고 있었던 거예요. 하지만 최강의 카드가 두 장이나 들어온다는 걸 알았으니 흥계와 권력투쟁을 팍팍 밀어붙이는 모드가 된 거겠죠. 외삼촌이 할 법한 방식이에요!"

"이사님의 조카분이십니까……."

13살 먹은 하프 엘프 소녀의 주장에 시바는 눈을 깜빡였다.

"지금 그 견해, 몹시 나달 이사님 일족이라는 느낌이네요……."

"말도 안 돼요. 음흉 레벨 99인 외삼촌에 비하면 아리야는 3레벨이나 4레벨. 아기처럼 순진무구하다고요."

"하하하……. 아. 마침 이름이 나왔으니 여쭤보고 싶은데요."

접대용 미소를 짓던 시바가 갑자기 화제를 바꿨다.

"'2대 장착자 3호'는 어떤 분이시죠? 저희 전체의 안전과도 관련된 이야기이니 바로 알려주시면 대단히 감사하겠는데요……."

마침내 직면한 질문에 유우가 입술을 달싹거렸을 때.

"아." "음."

나츠키와 아인이 동시에 중얼거렸다.

둘 다 멀리 수평선 쪽을 바라보며 무언가를 깨달은 모양이었다.

"괴물들 무리가 온다……."

"우선은 하늘부터. 해양계 놈들은 자고 있으면 좋겠는데."

아인이 작은 목소리로 예고하고, 나츠키는 자신만만하게 중얼거렸다.

사격의 명수와 초인적인 여자 사무라이는 탁월한 시력으로 적의 그림자를 파악한 것이다.

화물선은 마침 과거 요도강의 하구 부근을 지나가고 있었다.

국제적인 대도시 오사카의 베이 에어리어 유적. 그렇다 보니 고층 빌딩이 많고, 바다 여기저기에서 철근 콘크리트 탑이 푸른 하늘을 향해 솟아있었다.

옛날에 빌딩 4층이었던 높이가 '현재의 평균 해수면'인 모양이다.

저층 건물은 전부 바다 밑에 가라앉았다. 바닷속을 들여다보자 물결 사이로 흔들리고 있다. 바닷물의 투명도가 아주 높다.

──한때의 오사카만 앞바다가 이토록 아름다운 코발트블루였던가?

도쿄에서 자란 유우는 오사카가 처음이다. 하지만 그렇게 큰

도시와 맞닿은 내만(內灣)이 이렇게 맑을 리 없지 않은가?

별안간 치솟은 의문. 하지만 지금은 그게 중요한 게 아니다──.

"크리처 식별! 나왔습니다, 고블린이에요!"

"으어, 마침내 제일 유명한 게 왔나. 어? 근데 저 녀석들 기구인지 풍선 같은 걸 쓰고 있는데? 공수부대 같아!"

아리야가 보고하고 이쥬인은 경악했다.

어린아이만 한 체격에 추악한 외모, 옷도 허리에 감은 천 정도밖에 없이 거의 반라. 그런 난쟁이 약 100마리가 **하늘**에서 다가왔다.

천으로 된 기구를 끈으로 등에 묶어서 공중에 떠 있다.

동력으로 보이는 건 없다. 하지만 마법으로 바람을 조종하는 건지 화물선을 향해 접근하고 있다. 의외일 정도로 빨랐다.

참고로 전투지휘관이라는 시바는 당황하고 있었다.

"오, 올 때와 똑같이 《포털》을 우회하는 루트였죠?!"

"그래. 성에 있는 마술사 자식, 여느 때보다 더 의욕이 넘치는 것 같은데. 아니면 보이는 녀석은 전부 때려눕힌다는 주의로 신조를 바꿨거나. 아무튼 반격이다, 전직 군인!"

우락부락한 러시아인 선원이 아우성치는 시바를 타일렀다.

그리고 아인이 89식 소총을 하늘로 향했다.

"저 남자의 말이 맞아. 나도 힘을 빌려주지."

타앙! 고블린 기구 중 하나가 터졌다.

이세계의 난쟁이가 속절없이 바다로 떨어졌다. 이쥬인이 바로 소리쳤다.

"우, 우리도 총을 들고 있는 게 낫나?!"

"아아, 아마도 예스일 거예요. 지금 미리 다 함께 응전할 준비를 하고── 그 후엔 장착자 3호의 차례예요, 유우 선배!"

이쥬인과 아리야는 허둥대면서도 선내로 이어지는 문으로 달려가려 했다.

무기를 가지러 가기 위해서다. 유우는 심호흡을 했다.

아무튼 지금은 살육에 대한 양심의 가책이나 지키고 싶지 않은 인간에 대한 건 제쳐놓자. 이 배에는 환자나 부상자, 어린아이, 노인도 있다. 사람들을 구하고 싶다──.

"어?"

장착하기 직전, 유우는 신기한 노랫소리를 들었다.

아아아아아아아아. 아아아아아아아아. 아아아아아아아아.

가사가 없는데도 애절하기 그지없어 유우의 마음을 확 사로잡았다. 몽롱해지는 머리. 유우는 노랫소리가 들리는 방향으로 비틀비틀 걸어갔다.

"이치노세, 그쪽은 바다야! 왜 그래?"

"마법 확인! 《데이징 멜로디》가 작용하고 있는 것 같아요!"

"마음 굳게 먹어. 킨나리의 마법 노래에 먹히지 마, 유우!"

동료들의 목소리와 경고. 귀에 들리는데도 그 의미를 이해하지 못한 채, 유우는 선체의 가장자리── 뱃전 난간까지 와 버렸다.

전신에 힘이 들어가지 않는다. 난간에 축 기댔다.

주위에는 유우 말고도 멍한 얼굴로 뱃전까지 온 인간이 십수 명 있었다.

그러는 사이에 고블린들은——.

짧은 활을 한 손으로 겨누고 반대쪽 손으로는 허리에 찬 화살통에서 화살을 뽑고 있었다.

"다, 다들 엄폐물 뒤에 숨어!"

그제야 대장인 시바에게서 지시다운 발언이 나왔다.

기구 고블린들은 화물선을 향해 일제히 활을 쏘기 시작했다.

슈웅, 슈웅. 슈웅, 슈웅. 활의 현이 떨리는 소리와 함께 화살비가 쏟아졌다. 딱히 어딘가를 노리는 게 아니라, 무작정 화살의 수를 늘리고 있는 모양이었다.

크리처에게 반격하기 위해 몇십 명이나 되는 사람이 선상으로 나와 있었다.

소총이나 라이플을 들고 있던 그들은 이 화살에 운 나쁘게 맞자마자 바로 쓰러졌다. 거품을 물고 혼절해버렸다.

"독화살이다! 화살촉에 상당한 맹독을 발랐다!"

아인이 경고했다.

갑판에 떨어진 화살촉은 파란 점액으로 미끈거렸다.

어느새 아인 말고 다른 사격수도 라이플이나 산탄총을 들고 배 위로 집합해 있었다.

선원들. 피난민 중 승선한 남자들. 여자도 있다. 다들 들고 있는 화기를 하늘로 겨누며 고블린을 추락시켜나갔다.

하지만 충분한 전과를 올리기 전에——.

적의 기구 군단은 고도를 낮추기 시작했고, 마침내 화물선 위에 내려섰다!

"좋아! 나츠키 씨의 차례가 왔구나!"

등에 맨 단분자 군용도를 뽑아 든 나츠키가 후리소데를 휘날리며 달려 나갔다.

그 무렵, 뱃전 난간에 기대고 있던 이치노세 유우는, 결국 마지막 힘도 잃고 주르륵 미끄러졌다.

배 위에서 바다로. 머리부터 거꾸로 추락하고 말았다.

4

오늘은 4월 3일.

본래 곧 학교의 개학식이 오는 시즌이다.

유우는 중학교 3학년이 될 예정이었다. 하지만 현재, 오사카만, 아니, '신 칸사이만'의 바닷속으로 가라앉고 있었다.

처음 오는 땅. 작년 6월까지는 도쿄도 키타구의 주민이었다.

아리야, 이쥬인과 마찬가지로 '국방군 소속, 차세대 나노 테크놀로지 연구기관'으로 **전학** 간 뒤에도 본가에서 통학했다.

하지만 6월의 어느 날. 유우는 집에 없었다.

도쿄도 안이긴 하지만 23구 밖, 타마의 요코타 기지에 와 있었다.

연구소의 실험을 돕기 위해서다. 그리고 실험 중 강렬한 지진이 왔다. 도쿄를 덮친 직하형 지진의 제1파였다.

그날 도쿄 도심의 하늘에는 《포털》이 여러 개나 출현했다고 한다.

길고 심한 지진이 끊임없이 이어지는 가운데, 크리처 무리가 정치와 군사의 중추에 맹공을 퍼부었다나.

게다가 폭우와 폭풍이 수도권을 휩쓸어 하천이 괴멸하기 시작했고──.

……수도 붕괴 후, 유우는 딱 한 번 본가 근처에 갔다.

국방군의 구조작업을 도왔을 때였다. 그 무렵에는 이미 도쿄 23구는 거의 수몰. 이치노세 유우와 가족이 살던 집도 물속에 가라앉아 있었다.

유우가 탄 고무보트는 본가 바로 위를 훌쩍 지나치고 말았다.

가족의 시신은 발견하지 못했다. 하지만 한동안 휴대전화로 서로 무사한 것을 확인하던 이쥬인과 그 가족들과는 달리 부모님, 누나, 친척들과 연락이 되지 않은 채 시간만이 흘러 현재에 이르렀다──.

'그런 사람은 나만이 아니라 많이 있었지…….'

흐릿하게 가족을 떠올리면서 유우는 신 칸사이만의 바닷물 속에 있었다.

한때는 오사카의 베이 에어리어였던 시가지. 바다 밑은 아스팔트 도로였지만, 상당한 양의 모래가 퇴적되어 있었다.

그리고 유우의 발목을 붙잡고 여기까지 끌어들인 크리처.

간단하게 표현하자면 '인어'였다. 상반신은 아름다운 알몸의 여인, 하반신은 물고기. 피부는 검푸르고 군데군데 비늘에 덮여 있었다──.

'등록명은 세이렌이었던가? 아니면 그냥 머메이드?'

목에 아가미가 달린 인어가 입을 크게 벌리고 노래하고 있었다.

아아아아아아아아. 아아아아아아아아. 아아아아아아아아…….

가사가 없는 즉흥곡은 물속에서도 유우의 귀에 들렸다. 몹시 서글픈 마음이 치밀어올랐다. 호흡이 괴로운 것도 상관없었다.

멍하니 시선을 위로 옮기자 햇빛을 받아 해수면이 반짝이고 있었다.

저 빛이 거슬린다. 이대로 바다 밑에 머무르는 게 아늑할 것 같다. 탁류나 물의 정령에게 삼켜져 죽었을 가족과도 재회할 수 있을 것 같고…….

신 칸사이만의 밑바닥에 끌려들어 온 희생자는 그 외에도 여럿 있었다.

다들 황홀한 얼굴로 인어 세이렌에게 붙들린 채 꼬르륵꼬르륵 거품을 뿜으며 익사하고 있다──.

모든 것을 포기해가던 유우. 그 순간, 다부진 목소리를 들었다.

『유우! 물 요괴의 사악한 노래에 굴하지 마라!』

아인에게서 온 메시지. 정보연결이다.

하지만 유우는 의식이 흐릿한 채 경고를 흘려듣고는 빛이 일렁이는 해수면만을 그저 바라보고 있었──으나. 불현듯 퍼뜩 놀랐다.

『아인! 너마저 왜?!』

물속에 있으니 목소리는 나오지 않는다. 유우도 정보연결을 사용했다.

바다로 뛰어든 클론 엘프 소녀가 이쪽을 향해 똑바로 헤엄쳐

왔다. 심지어 소총은 없지만 옷은 입은 채로. 훌륭한 잠수 실력이었다.

유우는 별안간 숨이 막히는 걸 인식하고 콜록거렸다.

"크헉?!"

바닷물을 조금 마셨다. 이제 호흡이 버티지 못한다.

하지만 유우의 발목은 노래하는 세이렌에게 계속 잡혀 있었기에——.

'성해포!'

반사적으로 떠올리자 오른쪽 손바닥에 고리 모양의 빛이 깃들었다.

그곳에서 가변 나노 입자가 흘러나와 노란색 성해포로 실체화. 성해포는 세이렌의 얼굴과 가느다란 목을 빙글빙글 휘감았다.

우득. 둔탁한 소리가 났다.

노랫소리가 뚝 끊어지고 인어의 손도 힘을 잃었다. 성해포가 목뼈를 꺾어버렸기 때문이다.

그리고 자유로워진 유우 곁으로 아인이 헤엄쳐왔다. 그대로 자연스럽게 입술이 겹쳐지고—— 키스당했다.

『어?!』

『나쁜 마녀의 저주를 풀기 위해서다. 휴먼은 이렇게 한다지?』

경악하는 유우. 장난기 있게 윙크하는 아인.

하지만 정말로 호흡이 한계에 달했다. 유우의 전신이 칠흑과 황금의 나노 장갑으로 뒤덮여갔다. 당연히 아수라프레임은 수중활동도 가능하다.

선상의 전투는 대항해시대 저리 가라 할 백병전으로 넘어갔다.

기구 고블린들은 갑판 위에 내려서자마자 허리띠에 꽂고 있던 손도끼와 작은 검을 뽑아 들고 자신들의 몸통과 기구를 연결해 주던 밧줄을 끊었다.

그 후 제각기 무기를 휘두르며 가까운 인간을 공격했다──.

인간 쪽도 나이프나 도끼, 삽, 권총 등으로 응전 중. 저격에 사용하는 라이플의 총신을 그대로 몽둥이로 쓰는 사람도 있었다. 그중에는 마음이 급해서 산탄총을 갈기다가 아군까지 고블린과 함께 날려버리는 사람까지…….

그 전장에서 하타노 나츠키는 이미 10마리 이상의 고블린을 베어 넘겼다.

"나츠키 씨 옆에서 떨어지지 마, 후배들."

"바, 발목만 잡아서 죄송합니다!"

"아인 씨, 유우 선배를 쫓아 바다로 뛰어들어 버렸는데요! 설마 둘 다 물에 빠진 거 아니에요──?!"

단분자 군용도의 끄트머리를 좌우로 가볍게 흔드는 나츠키.

당장에라도 덤벼들 것 같은 고블린 세 마리를 견제하며 접근하지 못하게 막기 위해서다.

여자 사무라이의 등 뒤에는 중학생 두 명과 뱃전 난간. 9mm 권총을 든 이쥬인은 공포에 질렸고, 아리야는 같은 구경의 서브머신건을 안고 있었다.

하프 엘프 소녀는 걱정된다는 얼굴로 코발트 블루빛 바다를 바라보다가──.

"앗."

아리야는 중얼거렸다. 해수면에 작은 소용돌이가 생겼다.

그리고 나노 인자로 느꼈다. 아수라프레임이 각성하는 가스펠을.

가 버린 자여, 가 버린 자여, 이 세상 저편까지 가 버린 자여
완전한 도달자여, 그 각성에 행복 있으라──

소용돌이가 직경 15m는 될 것 같은 대형 소용돌이로 커졌다.

그 중심에서 하늘로 뛰쳐나온 것은 아수라프레임을 입은 장착자 3호와, 그에게 안겨있는 클론 엘프 미소녀.

아인은 흠뻑 젖긴 했지만 무사한 건지 3호의 품에 '공주님 안기'로 안겨 있었다!

"아, 아까는 왜 키스한 거야?!"

"이유는 이미 말했다. 두 사람의 관계가 진전되었으니 기쁜 일이로군. 유우."

"그런 기습은 노카운트야!"

"이 전투에서 살아남으면 다시금 뜨거운 입맞춤을 나누자는 의미인가? 유우도 적극적이라 기쁘다!"

"알면서 반대되는 소리 하는 거지? 그렇지?!"

미모의 요정 소녀를 품에 안은 채 하늘로 날아오른 장착자 3호.

몹시 '그림이 되는' 광경이지만, 두 사람은 신나게 투닥투닥거리고 있었다. 치정 싸움이라고 들릴 법한 내용이다. 덕분에 세이렌의 노래로 인한 우울함도 날아가서──.

유우=3호 프레임은 가변 나노 입자를 방출하기 시작했다.

이번에 형성하는 것은 《MUV 클레이 돌》.

높이 1m 정도 되는 인형형으로, 소박하면서도 데포르메된 조형이다. 팔다리는 극단적으로 짧으며 커다란 머리와 강조된 두 눈에 두드러진다. 광택이 나는 회색 표면에는 소용돌이 모양의 문양이 여럿 그려져 있었다.

"좋아. 해방시켜라, 유우!"

"부탁할게, 3호── 네 진정한 이름, 루드라의 이름에 걸고 해줘!"

지금 막 탄생한 인형형 드로이드 16대.

아수라프레임 본체에서 기기마다 50GJ의 전력 및 반중력 리프터의 추진력을 공급한 뒤, 16대가 모드 아래에 있는 화물선을 향해 급강하했다.

칼날과 총탄, 육체와 육체가 부딪치는 백병전의 무대.

고블린 앞에서 엉덩방아를 찧고 무방비해진 청년── 수상조계에서 온 사자, 시바가 있었다. 시바는 막 도끼에 베이기 직전, 두 팔을 들어 머리를 감싸는 중이었다.

"그, 그러니까 전투력은 없다고 했는데!"

그곳으로 지극히 매끄럽게 비행해 온 인형형 드로이드가 달려왔다.

시바의 머리 대신 인형의 머리가 도끼를 받아냈다.

키잉! 고블린의 참격을 금속음과 함께 튕겨냈다. 또 인형의 흉부에는 작은 구멍이 여럿 뚫려있다. 전부 총구다.

탕탕탕탕탕탕탕탕!

총탄이 연속으로 발사되는 소리. 인형의 흉부에 달린 기관총에서 쏟아진 탄환이 시바 앞에 있던 고블린을 순식간에 살해했다.

"살았다⋯⋯. 드디어《하늘의 왕》이 강림한 건가요⋯⋯."

여전히 엉덩방아를 찧은 채로 하늘에 시선을 던진 시바는 감탄했다.

엘프 VIP를 안아 든 장착자 3호가 하늘에서 유유히 아래쪽을 내려다보고 있다. 매트 블랙의 장갑이 태양 빛을 받아서 금색으로 빛났다.

그 위용을 우러러보자 고전하던 인간 측이 별안간 힘을 얻었다.

기다려왔던 영웅의 등장이 가슴에 불을 질렀기 때문이다. 드로이드 부대에 질세라 필사적인 반격이 시작되었다.

인형형 드로이드가 갑판 여기저기에서 고블린을 말살했다.

무기는 여럿 있었다. 가슴의 경기관총. 전신에서 방출되는 고압 전류. 몸의 온갖 부위가 스턴건이 되기도 한다. 고블린 퇴치라면 이 정도로 충분했다.

한편 도움이 필요 없는 용사도 있다.

하타노 나츠키── 그녀는 대치한 고블린 세 마리가 머뭇거린

틈을 타고 순식간에 칼을 세 번이나 휘둘러서 전부 치명상을 주었다.

고블린들이 자신들을 향해 날아온 인형군단에 경악하다 그만 한눈을 팔고 말았기 때문이다.

『저 인형들, 혹시 유우 군의 부하야?』

『네. 나츠키 선배는 그대로 배를 부탁드립니다. 이쥬인, 드로이드들 조작이라고 해야 되나, 감독을 맡겨도 될까? 아리야도 그쪽을 도와줘.』

정보연결에 의한 나츠키와 장착자 3호의 교신.

이치노세 유우는 동년배 동료들에게도 메시지를 보냈다.

"괜찮긴 한데, 넌 어쩌려고?"

"이, 이쥬인 선배! 아마 저거예요!"

의아해하는 남자 선배 옆에서 아리야가 하늘을 가리켰다.

호박색으로 흔들흔들 빛나는 오로라가 하늘에 펼쳐져 이상야릇한 이계의 아름다움을 구현하고 있다. 게다가 바다 위에는──

나츠키가 눈을 가늘게 떴다.

"저 녀석이 이렇게 가까운 곳까지 온 건 처음이야. 유우 군은 저쪽?"

『네. 저와 아인 둘이서 어떻게든 주의를 끌어보겠습니다. 그동안 고블린을 처리하고 수상조계로 가 주세요.』

『그래. 우리는 자력으로 날아갈 수 있다.』

클론 엘프 아인의 듬직한 선언이었다.

어느새 환영의 성《포털》이 화물선 근처에 실체화했다. 연꽃 받침대 위에 올라간 수정으로 된 요새였다.

전장이 된 해역은 구 오사카의 베이 에어리어 유적.

타워 맨션이며 호텔 등 고층 빌딩들과 랜드마크이기도 한 대관람차, 게다가 거대 유원지 어트랙션이었던 성 등──.

해수면 위로 멸망한 메갈로폴리스의 흔적이 기념비처럼 솟아 있다.

유우는 어떤 고층 빌딩의 옥상에 내려섰다.

고도 135m라는 표시가 떠 있다. 아인도 내렸다. 두 사람은 이 높이에서 약 5km 남서쪽에 나타난 《포털》을 응시했다.

신기루처럼 사라졌다가 나타나는 마의 성. 검푸른 바다 위에 떠 있는 수정궁.

더 서쪽에 떠 있었던 게 이동한 모양이었다. 유우와 아인의 머리 위에서 흔들리는 호박색 오로라와 함께 적의 전의를 드러내는 것인가──.

"오오. 군단을 더 보내는군."

아인이 말했다.

앞발이 없고, 대신 어깨에 날개가 달린 용──.

마이즈루시에서 본 드래곤의 절반 정도 되는 크기지만, 티라노사우루스와 비슷한 정도로는 커다란 파충류, 등록명 '와이번'. 이게 27마리 있다.

또 훨씬 작은 녀석들도 있었다.

뾰족한 볏과 부리를 지닌 비행형 파충류 '프테라노돈'. 백악기의 익룡과 흡사하게 생긴 크리처가 405마리.

전부 유우와 아인이 있는 빌딩 옥상을 향해 다가오고 있었다.

"배가 아니라 우리를 노리고 있군."

"이쪽도 드로이드를 더 만들어내는 게 좋을까?"

『안 돼요, 선배. 3호에 저장된 나노 머신이 20억 개 미만이에요. 저 무리에 대군단으로 대항하는 건 불가능해요.』

아리야의 메시지. 유우는 고개를 갸웃거렸다.

"많이 있는 것처럼 들리는데, 적은 거야?"

『3호 프레임 본체를 구축하는 데만 나노 머신 12억 개가 들어가니까요.』

『젠장. 역시 슬슬 보급과 제대로 된 점검이 필요한가!』

『가면 히어로도 고생이 많구낭. 아, 인형들이 도와줘서 이쪽은 이제 괜찮을 것 같아!』

이쥬인과 나츠키도 정보연결에 가담했다.

그렇다면── 유우는 파트너를 힐끔 보았다. 전에 한 번 권유를 받았으나 그 결과를 예상했기 때문에 거부한 공격 장비. 아인은 고개를 끄덕였다.

"아무래도 지옥의 문을 열 수밖에 없겠군……. 간다, 유우."

"응. 아인은 그걸 뭐라고 불렀더라?"

"《둠즈데이 북》이다. 몇 종류가 있지만── 역시 제1서가 좋겠지!"

『System Now Booting, Doomsday-Book "VIDYA-MANTRA RUDRA 1"….』

유우의 시야에 비치는 파트너—— 두 눈을 감고 정신을 집중하기 시작한 아인의 몸에 겹쳐지듯 창이 뜨고 진행 중인 작업이 표시되었다.

그리고 아인의 고운 입술이 가스펠을 외웠다——.

——현세의 모든 것은 몽환포영(夢幻泡影)과도 같노라. 이슬과도 같고, 번개와도 같도다.

——마땅히 이와 같이 보아야 할지니, 찰나무상(刹那無常)의 생멸(生滅)에 도달하라.

서늘한 단어의 나열을 빨아들인 바퀴가 회전하기 시작했다.

유우=3호 프레임의 허리에 달린 초전도 터빈《프레이어 휠》. 바퀴형의 동력원이 돌아간다. 돌아간다. 어마어마한 속도로 돌아간다.

회전하는 소리가 이제까지처럼 남녀 혼성의 코러스로 들리기 시작했다.

GateGateParagate——. ParasamgateBodhisvaha——. GateGateParagate——. ParasamgateBodhisvaha······.

유우와 아인의 머리 위에서 이번에는 **바람**이 요동치기 시작했다.

"어—— 뭐야? 저건!"

"바람의 짐승, 폭풍의 종, 당신과 루드라를 모시는 첫 번째 기사다!"

그것은 아인이 말하는 대로 《풍수(風獸)》라고 불러야 할 법한 존재일 것이다.

몸길이는 추정 12, 13m 정도. 네 발이 달린 짐승, 표범과 흡사해 보이는 외모. 단, 그 몸을 형성하는 것은 피도 살점도 털도 가죽도 아닌──.

은은히 희게 물든 기체. 램프의 정령이 아닌, 하얀 연기의 맹수.

그 녀석이 유우와 아인의 머리 위에 '∞' 마크를 그리듯이 어마어마한 속도로 날고 있다. 그 움직임에 맞춰서 바람이 일어난다. 폭풍이 휘몰아친다.

말 그대로 《풍수》. 유우는 눈을 부릅떴다.

"왠지⋯⋯ 크리처들이 마법으로 정령을 부르는 거랑 비슷해 보여⋯⋯."

"원리는 같다. 다만 파워의 격이 다르지. 바람의 짐승은 하늘을 움직이고 구름과 비를 부른다. 폭풍·폭우와 뇌전을 이끄는 자지."

『《둠즈데이 북》이라는 게 기상병기(氣像兵器)였어?! 진짜 말도 안 되는 무기네!』

아인이 말이 끝나자 이쥬인의 목소리도 날아왔다.

바람이 사납게 휘이잉 울어대는 가운데 클론 엘프 '공주'의 눈짓을 받은 유우가 중얼거렸다. 이미 결말이 **보였다**──.

"루드라. 저 녀석을 해방해."

GateGateParagate──!

허리에 달린 휠이 노래하는 소리가 최고조에 달했다. 갑자기

《풍수》가 적군을 향해 일직선으로 날아갔다.

단 폭풍이나 번개를 부르지도 않고 적 근처에 도달하자 순식간에 소멸.

……처참한 결말은 그대로 조용히 찾아왔다.

와이번 및 프테라노돈. 400마리가 넘는 비행형 크리처 무리가 잇달아 추락했기 때문이다. 단 한 마리도 무사한 녀석이 없이 전멸──.

나츠키가 몹시 놀라고 감탄하며 외쳤다.

『순식간에?! 독가스라도 뿌린 것 같아!』

"뿌린 게 아니라, **빼앗은** 거예요."

유우가 작은 목소리로 대답했다.

"바람을 자유자재로 움직이는 하늘의 왕이라는 건, 대기의 성분도 조작할 수 있다는 의미니까요……."

『……엄마가 말씀하셨어요. 3호에는 공기 중의 산소를 0으로 만들어 질식사를 일으키는 기능도 있다고. 하지만 이렇게 대규모로 일으킬 수 있다니…….』

『확실히 사람들이 근처에 있으면 사용할 수 없겠는데…….』

생사에 달관한 괴짜 사무라이와는 달리, 중학생 세 명은 경악했다.

자신들이 자유롭게 쓸 수 있는 무기의 무서움을 뼈저리게 느꼈기 때문이다. 3호 프레임의 《둠즈데이 북》을 쓰면 온갖 생명은 그 근원을 빼앗겨버린다…….

유우는 고개를 내젓고 자신을 북돋웠다.

"아무튼 다음은 저 녀석들의 성이야! 아인, 드로이드를 보내자!"

"좋아, 맡겨라!"

가변 나노 입자를 뿌려 며칠 만에 《MUV 퍼펫 암》을 구축했다. 하늘을 나는 거인의 팔. 음속으로 비행하는 철권. 노리는 곳은 바로——.

"저 예쁜 성을 직접 때려 부숴!"

유우는 주먹을 내지르면서 소리쳤다.

거대 팔뚝형 드로이드가 미사일처럼 하늘을 가르고 바다 위에 뜬 수정궁에 격돌…… 하지 않았다. 그 직전에 뚝 멈췄다.

『방어마법 확인! 《프로텍션 프롬 미사일》이에요!』

『이지스함의 미사일도 막았던 그거?!』

『지키기만 하는 게 아닌 것 같은데! 유우 군, 조심해!』

동료들이 보내는 메시지가 멈추지 않는다.

수정으로 된 성을 앞에 두고 움직임을 멈춘 거인의 팔이 별안간 스르르 무너져버렸다. 가느다란 모래가 되어 형체가 사라진다——.

『《디스인티그레이트》마법……. 저 크기에도 통하다니 반칙이에요!』

아리야가 억울하다는 듯 소리친 순간, 유우는 경고음을 들었다.

삑! 흠칫 놀라 발아래를 보았다. 어느새 3호 프레임의 오른쪽 발목에 백은색의 밧줄이 감겨있었다.

"안 돼, 유우! 속박의 올가미다!"

아인이 재빨리 끌어안았다.

그와 동시에 유우와 아인 두 사람의 몸은 하늘을 날았다. 발목에 감긴 밧줄을 누군가가 어마어마한 힘으로 끌어당기고 있다.

밧줄은 몇 km 너머, 바다 위에 떠 있는 환영의 성《포털》에서 뻗어 나와 있었다.

호박색 오로라가 흔들리는 하늘 아래, 장착자 3호와 클론 엘프 소녀는 아름다운 수정궁과 점점 거리가 가까워져 갔다.

"어쩌지! 이 밧줄 전혀 안 풀리는데?!"

"그런 마법이다. 힘으로는 결코 끊을 수 없고, 저항할 수 없지!"

그래서 아인이 매달린 건가. 유우와 떨어지지 않기 위해.

나노 장갑은 마력을 무효화하기 시작했으나, 아마 시간이 부족하다. 유우는 클론 엘프 소녀를 두 팔로 껴안았다.

수십초 후. 유우=3호 프레임의 등이 땅에 격돌했다.

바다 위에 나타난《포털》성내로 끌려가고 만 것이다.

5

연꽃 받침대 위에 올라간 수정궁.

푸르고 투명한 자재로 세운 성은 그 아름다움을 감출 생각이 없어 보였다. 이 궁전의 입구 앞에 광장이 있었다.

주위를 둘러보자 온통 흙이 드러난 땅바닥이었다. 잔디밭은커녕 화단 하나 없었다.

"의외네. 좀 더 예쁜 정원 같은 게 있을 법한 분위기인데."

"……아니. 여기는 연병장이자 승마장, 그리고 투기장. 병사들과 군마, 수많은 환수와 요정들이 수도 없이 모여든 장소이기 때문에 흙이 끊임없이 짓밟혀서 단단히 굳어버렸다. 싸우기 위한 성채에는 이게 더 어울리겠지."

유우의 감상에 아인이 반응했다.

추락할 때의 충격은 3호 프레임이 흡수해주었기 때문에 둘 다 무사하다. 나란히 일어나 정면으로 수정궁을 바라보았다.

입구에서 땅바닥으로 내려오기 위한 계단이 있다.

이것도 수정으로 만들어져 있었다. 투명하면서도 은은히 푸른 빛을 띠는 계단. 호리호리한 소녀를 등에 태운 사자가── 마침 내려오는 참이었다.

"사자?!"

유우는 어안이 벙벙해졌다.

우아하면서도 덧없는 미소녀다. 아리야보다도 어려 보였다. 그런 소녀를 늠름한 수사자가 천천히, 정중하게 태우고 있다. 그녀가 바로 세계에서 가장 고귀한 존재인 양, 최상의 집사를 방불케 하는 공손함으로.

맹수의 등을 소파 삼아 몸을 기댄 소녀가 거만하게 미소 지었다.

소녀가 입은 의상은 긴 옷감을 휘감은 스타일로, 하얀 바탕에 꽃무늬 자수가 들어가 있었다. 인도의 민족의상인 사리와 비슷했다.

이쪽으로 다가온 사자가 옆으로 스윽 돌더니 주인과 유우, 아인을 마주 보게 했다.

"안녕, 금강을 두른 자여. 아지랑이 궁전에 잘 왔어. 나는 사자자리의 스카르샹스, 이 요새를 수호하는 달바의 문주야!"

소녀는 용맹하면서도 자랑스럽다는 듯 이름을 밝혔다.

반면 유우는 굳어버렸다. 예상을 벗어나는 것도 정도가 있지. 설마 이세계에서 온 적이 완벽한 **일본어**를 구사하다니!

"어, 어째서 우리말을——."

"보리의 경지도 모르는, 원숭이나 마찬가지인 미개인이 쓰는 말인걸? 몹시 미성숙하고 시적인 정취가 부족한 조잡한 언어. 배울 마음이 없어도 알아서 익혀지던데. 하지만 안심해, 너희들에게 빛나는 파람의 말을 배우라고 요구하진 않으니까!"

스카르샹스는 쿡쿡 비웃으면서 말했다.

한편 아인이 날카로운 목소리로 조언했다.

"신경 쓰지 마라, 유우. 달바의 종족—— 당신들이 말하는 대마법사들에겐 당연한 일이니. 지혜라는 측면에서는 우리 종족의 현자들과도 필적하지……."

"그래. 지혜 하나만 놓고 본다면 그자들은 맞먹는 편이지. 제법 괜찮아."

스카르샹스가 격식 없는 일본어도 자연스럽게 구사하며 조소했다.

"하지만 이미 힘도 주술도 잃어버린 약자 집단. 우리 문주가 신경 쓸 가치가 없는 자들—— 이었는데. 설마 당신 같은 아이가 있었다니!"

이세계의 대마법사는 아인을 노려보았다.

소파 대신 타고 있던 사자조차 흐릿해질 정도로 박력이 넘치는 눈빛으로.

"야쿠시아 옛 왕조의 네 가문── 바람의 비브람레들리를 통솔한 여왕, 지금은 죽은 리리카마야의 혈족으로 보이는데. 그여자의 젊은 시절과 똑같이 생겼어. 왕가의 핏줄까지 지상에 건너와 있었다면 금강의 문을 연 것도 이해가 가."

스카르샹스는 이번엔 유우=3호 프레임을 응시했다.

오싹. 유우의 등이 떨렸다. 바로 앞에 있는 백수의 왕보다도, 지금까지 쓰러뜨려 온 모든 크리처보다도 무섭다. 직감이었다.

"칠흑과 황금의 전사. 금강을 두른 자이자 성해의 소지자. 기도의 고리를 각성시킨 자. 선택받은 달바가 손수 상대하기에 적합하다고── 인정해주지!"

"어?!"

유우는 자신의 눈을 의심했다.

보기 드문 미소녀, 스카르샹스의 모습이 급변했기 때문이다.

소파 대신 기대고 있던 수사자의 등에 두 다리를 벌려서 올라타는 자세로 고쳐 앉았다. 그러자마자 그녀의 허리 아래가 백수의 왕과 융합했다──.

상반신은 호리호리한 인간 소녀, 하반신은 한 마리의 사자.

기괴한 키메라의 탄생이었다. 심지어 스카르샹스의 가냘픈 오른손에는 길고 큰 전투도끼까지 나타났다. 이형의 대마법사는 그것을 팔 하나로 가뿐히 휘둘렀다.

"이름을 밝혀. 사자자리의 문주에게 쓰러질 숙적이여."

스카르샹스가 전투도끼를 들이대며 물었다.

유우는──갈라진 목소리로 이름을 댔다. 계속 피해왔던 그 칭호로.

"……장착자, 3호."

"우후후후! 참으로 멋없는 이름이네. 그것만으로도 죽어 마땅해!"

그녀는 멸시와 함께 전투도끼를 휘둘렀다.

카앙! 유우는 엑스자로 두 팔을 교차시켜서 그 공격을 막았다.

"아인은 물러나 있어! 그리고 적의 지원군을 조심해!"

"너 참 무례하구나. 스카르샹스가 졸병 따위와 함께 전장을 달리다니, 말도 안 되는 일이거늘!"

"유우! 이 녀석은 그런 성격인 모양이니 당분간은 아마도 1대 1이다!"

영양처럼 달려서 빠르게 거리를 벌린 아인.

그러는 동안에도 상반신은 인간, 하반신은 사자의 모습인 대마법사는 무거운 전투도끼를 계속해서 휘둘렀다. 유우는 전부 두 팔의 아다마스 장갑으로 받아냈다.

그럴 때마다 묵직한 충격으로 온몸이 흔들리며 3호의 몸이 조금씩 후퇴해갔다.

"설마 3호보다 더 힘이 센 거야?!"

처음으로 힘에서 밀렸다.

수사자와 하나가 되었기 때문인지, 다른 마법을 쓴 건지. 스카르샹스는 50만 마력의 아수라프레임을 압도할 정도의 파워를 발휘했다.

"마법사인데 육탄전도 잘한다니——?!"

"네가 금강을 두른 자라면 나는 금강력의 귀신으로 화한 자! 금강의 문을 연 자들끼리 너도 진심으로 상대해봐!"

큰소리를 치는 스카르샹스.

게다가—— 전투도끼를 들지 않은 왼손으로 유우를 가리켰다.

"부서져라. 어둠을 헤매라. 다리가 위축되어라. 팔이 썩어들어라. 불타올라 바스러져라!"

"?!"

저주하는 말은 그대로 마법이 되어 유우를 덮쳤다.

먼저 3호 프레임의 전신이 은은하게 빛나더니 삐걱거리기 시작했다. 유우의 육체에도 오름이 돋는 오한이 퍼지고, 구역질까지 치밀어 올랐다. 또 시야가 갑자기 캄캄해졌다. 그 순간 전투도끼가 측면을 후려쳤다.

심지어 두 다리에서 힘이 빠져 쓰러질 뻔한 걸 가까스로 버텼다.

직후, 전투도끼가 배에 꽂혔다.

견디기 힘든 간지러움과 뒤틀리는 듯한 통증이 오른팔을 덮쳤고, 정신이 팔린 순간 3호 프레임의 전신이 불꽃으로 뒤덮였다. 머리부터 발끝까지 구석구석 열기와 통증이 퍼진다——.

"아아아아아악?!"

유우는 절규하면서 크게 뛰어올랐다.

3호 프레임의 안티 매직 쉘이 풀파워로 가동하며 이치노세 유우를 괴롭히던 다섯 종류의 마법을 가까스로 물리쳐주었다.

육체의 이상과 화염이 전부 진정되자 유우는 안도했다.

3호의 센서가 파악한 마법을 차례차례 보고했다. 《디스인티그레이트》, 《파워 워드 블라인드》, 《파워 워드 패럴라이즈》, 《페리시》, 《인시너레이트》——.

이 역할은 늘 아리야에게 의존하고 있었기 때문에 위화감이 컸다.

'아리야도 이쥬인도—— 정보연결이 닿는 거리에 없는 거야…….'

한가득 나타나는 정보창과 경고문이 거추장스럽다.

시각은 '눈앞의 강적'에만 집중시키고 싶다. 하지만 유우의 눈길을 끄는 항목이 하나 있었다. 지금 건 마법은 강도가 전부 'A'였다.

전에 당했던 드래곤의 화염 브레스와 같은 강도일 터.

스카르샹스는 그런 높은 수준의 공격을 순식간에 다섯 개나 날려 보낸 것이다!

"지금 그건 간단한 인사야. 연회는 지금부터가 클라이맥스지."

"…………."

회심의 미소를 짓는 대마법사. 유우는 그 말이 절대 허풍이 아니라는 걸 확신했다.

그때 유일한 아군에게서 메시지가 도착했다.

『유우. 지금 보유한 것 중 저 녀석에게 통할 법한 무기는 《둠즈데이 북》밖에 없다. 괜찮다면 제3서를 사용하게 해다오.』

『……응. 나도 그렇게 생각해. 하지만——.』

『감이 좋군. 당신이 느낀 게 맞다. 준비하는 동안 잠시 시간이 필요하다.』

『역시. 그 시간을 버는 게…… 내 역할인 거구나.』

제3서라는 말에 그게 어떤 장비인지도 유우의 마음속으로 전해졌다.

이것밖에 없다고 하니 할 수밖에 없다. 아인이 걱정된다는 듯 물었다.

『가능하겠나?』

『어떻게든 해볼게. 괜찮아, 이런 건 **익숙**하니까.』

『흐음?』

『약자에게는 약자의 전술이 있어──. 우리는 엄청 괴롭힘을 당했거든. 반대로 무지막지 성능이 좋은 아이템으로 무쌍을 찍었던 최근의 전투법이 어색했을지도…….』

마이즈루의 가설기지에서 보낸 나날이 벌써 퍽 오래된 느낌이다.

붕괴로부터 2주일도 지나지 않았는데. 하지만 유우의 처지는 크게 바뀌었다. 당시에는 거의 매일 타케다를 비롯한 군인들의 괴롭힘과 폭력을 받았으니…….

그 시절의 분노와 울분, 절망, 숨 막힘을 떠올렸다.

그리고 마지막에는 그런 녀석이 목숨을 구해주었지──.

유우가 가슴에 담아두었던 온갖 것들을 곱씹었을 때.

"자! 스카르샹스의 춤을 즐겨보거라!"

"사라졌어?!"

약간 거리를 두고 대치하고 있던 스카르샹스가 갑자기 유우의 눈앞에서 사라졌다. 3호의 색적 센서도 표적을 잃어버렸다.

1대1의 대전 중에 상대방을 놓친다. 패배 플래그다!

절망할 뻔한 유우. 그러나 목에 감고 있던 머플러── 성해포가 움직였다.

"후후. 샤리라의 성해를 잘도 길들였구나!"

등 뒤에서 휘둘러진 전투도끼.

그걸 두 가닥의 유사 촉수가 튕겨냈다.

유우의 등 뒤로 순간이동한 스카르샹스의 참격을 목에 감은 성해포가 채찍처럼 바르게 움직여 뿌리쳐준 것이다.

상반신은 인간이고 하반신은 사자인 소녀 마법사가 쿡쿡 조소했다.

"성해포에 비상석(飛翔石), 기도의 고리, 아다마스 사강(砂鋼)…….
옛 왕가의 보물을 낭비하여 쓸모없는 갑주를 만들어냈다며 우습게 보고 있었는데. 내가 잘못 판단했구나! 금강을 두른 자, 네 갑주는 왕가의 새로운 보물이야!"

"레어 아이템 덩어리였구나, 이거…….."

유우는 그렇게 중얼거리며 적과 대치했다.

유사 촉수처럼 꿈틀거리는 성해포를 오른손으로 붙잡고 한 조각 뜯어냈다. 왼손으로도 똑같이 찢었다.

"부탁이야. 나를 지켜줘."

뜯어낸 조각이 두 손안에서 팽창하더니──.

노란 성해포와 같은 옷감이 3호 프레임의 두 팔을 빙글빙글 감았다. 천의 표면에는 마법 문자로 추정되는 각인이 수없이 떠 있었다.

붕대를 감은 것 같은 두 팔을 다시금 엑스자로 교차시켰다.

격투기풍으로 방어 모드에 들어간 것이다. 그대로 발에 힘을 줘서 상대와 거리를 좁혔다. 공포를 억누르며 용기를 쥐어짰다.

스카르샹스는 가학적인 미소를 드러내며 반격했다!

"손수 몸을 바치러 나오다니, 참으로 기특한 마음가짐이야. ──파열하라. 벼락의 심판을 받아라. 그대의 피는 끓어올라 대지를 적시리. 얼어붙는 겨울의 저주여, 지금 이 순간 쏟아져라!"

또다시 네 종류의 A급 마법이 날아왔다.

미소녀와 동화한 사자의 입에서 쏟아지는 충격파에 직격.

전신의 동맥·정맥·모세혈관까지 타오르고 혈액이 끓었다. 몸이 급속도로 차가워지며 심장마비를 일으키려 했으나──.

나노 장갑의 안티 매직 쉘이 필사적으로 무효화해주었다.

또 두 팔에 감은 성해포의 각인도 찬란하게 빛나며 '마법 소거 효율 32% 향상'이라는 메시지가 표시되었다. 아슬아슬한 디펜스다.

그러는 동안에도 스카르샹스는 쉴 새 없이 전투도끼를 휘둘렀다.

성해포의 유사 촉수 두 가닥이 모두 바쁘게 움직이며 가능한 한 뿌리쳐주었다. 하지만 그래도 전부 막아내지는 못할 만큼 하반신이 사자인 소녀는 빠르고 강했다──.

쿵! 쿵! 쿵! 쿵!

전투도끼의 연속공격을 유우는 교차시킨 두 팔의 장갑으로 계속 받아냈다.

다만 이제 힘에 힘으로 대항하는 방식은 쓰지 않는다.

"제법 재미있는 기술이구나, 금강을 두른 자여!"

"그야 괴롭히는 쪽은 그럴 테지만. 나는 하나도 재미없거든!"

대마법사는 흥분했고, 유우는 의연하게 반박했다.

고분고분 맞아줄 의무는 없다. 참격이 닿는 순간 몸에 힘을 빼서 그 위력을 솜처럼 받아넘긴다. 베여도 맞아도 버티지 않고, 오히려 밀려나면서 충격을 흘려버린다. 몸의 부담도 줄어들고 오래 버틸 수 있게 된다.

약자의 전법이란 아무튼 지키는 것. 그것도 유연하게, 진득하게, 끈질기게——.

"화염의 주술을 받아라. 부서져라. 바닥에 엎드려 그저 죽음을 기다려라. 얼어붙는 바람에 떨면서 너의 육신도 피도 뼈도 얼음에 파묻혀라!"

화염. 전투도끼. 충격파. 전투도끼. 역병 저주. 전투도끼. 동결파. 전투도끼.

스카르샹스가 가학 욕구에 맡겨 끊임없이 쏘아 보내는 공격들. 특히 마법은 일격에 국방군의 대규모 부대 하나를 괴멸시킬 수 있을 법한 위력이었다.

그런 것을 가까운 거리에서 쉴 새 없이 내보냈다.

정말 대단한 맹공. 러시안 룰렛 같은 두려움을 느꼈다.

계속하다 보면 반드시 언젠가는 총알이 튀어나와 머리를 관통한다. 유우는 익숙한 축구 생각을 하면서 필사적으로 버텼다.

'월드컵의 그룹리그. 적은 브라질이나 아르헨티나. 이쪽은 첫 출진. 아이슬란드나 파나마. 상대방은 대형 클럽의 스타급 선수들. 그래도 끈질기게 수비하고 한 번의 기회를 기다리면…… 잘하면 첫 승리의 접전으로 끌고 갈 수도 있어!'

선발시험에 합격해 프로팀의 하위조직에 다녔다.

톱클래스 선수와 최첨단의 전술이 득시글한 유럽 리그도 빠짐없이 체크했다. 그래서 유우는 잘 알고 있다. 약소팀이 강호를 잡아먹는 자이언트 킬링은 거의 일어나지 않는다.

하지만 축구 세계에서는 전혀 없지도 않다.

그걸 이루는 조건은 근성과 수비. 여차할 때 점수를 딸 수 있는 비장의 수단. 그리고 한 번의 기회를 살리는 집념과 방심하지 않는 마음──.

"음? 너, 뭔가 꾸미고 있구나?!"

문득 스카르샹스가 외쳤다.

하늘을 힐끔 보고 있었다. 이 일대를 감싸는 호박색 오로라가 어느새 몰려든 먹구름에 의해 완전히 가려졌다.

아인의 준비 작업. 몰래 《풍수》를 시켜 모으게 한 뇌운들.

이대로는 비장의 수단이 봉쇄된다. 지금 지닌 무기만으로 그걸 막기 위해선── 유우는 퍼뜩 떠오른 아이디어에 걸었다.

"드로이드가 없어도 이게 있어!"

"뭐라고?!"

스카르샹스가 경악했다.

방어에 전념하던 3호 프레임의 두 팔이 갑자기 날아왔기 때문이다.

어깨에서 분리시킨 팔 부위의 장갑이 스카르샹스의 목을 향해 날아가 두 손으로 목을 조르려 들었다.

반중력 리프터로 추진력을 더해 확장 드로이드 대신 쏘아 보냈다──.

지금 장착자 3호의 두 팔은 유우의 본래의 팔이다.

"3호! 네 팔 미안해!"

"무슨──?!"

하반신이 사자인 미소녀의 목에서 폭발이 일어났다.

유우가 보낸 지령에 따라 장갑 부위가 자폭했기 때문이다.

방어마법의 빛이 스카르샹스를 에워쌌다. 가학심을 드러낸 미모와 부드러운 피부에는 화상자국 하나 없었다.

하지만 빈틈이 생긴 것도 사실──.

반중력 리프터 시동. 유우는 떨어져 있던 아인 곁으로 날아갔다.

"훌륭한 수완이었다, 유우. 슬슬 적당한 시기다!"

"응. 꽉 붙잡아!"

다시 클론 엘프 소녀를 안아 들고 급상승. 유우와 아인은 수정궁의 대지에 작별을 고하며 하늘로 날아올랐다.

──범부(凡夫)는 선악을 보지 못하고, 인과가 있음을 믿지 않노라. 지옥의 업화를 모를지니.

──부끄러움 없이 십악(十惡)을 행하며 덧없이 자아가 있음을 설파한다. 누구도 번뇌의 사슬에서 벗어날 수 없도다.

아인이 필멸의 가스펠을 외웠다.

오로라가 흔들리는 하늘에 가득 낀 뇌우가 즉시 쿠르릉거리면서 울기 시작했다.

번개. 천둥. 바다 위에 뜬 《포털》을 향해 한줄기 벼락이 떨어졌다. 그것을 시작으로 뇌신의 철퇴가 먹구름에서 끊임없이 떨어져 아름다운 수정궁을 두드렸다.

콰광! 콰광! 콰광! 콰광!

번개가 번쩍일 때마다 중후한 천둥소리도 울려 퍼진다.

뇌격이 작렬하자 환영의 성을 형성하던 수정이 그때마다 여기저기서 산산이 조각났다. 성이 붕괴하는 것도 시간문제처럼 보였다.

하지만 바로 성 전체가 방어 마법으로 뒤덮었다.

마법 문양을 그리는 빛의 마법진이 몇십 개나 나타나 천막처럼 《포털》을 에워쌌다.

이 마법진이 뇌격을 막아냈다.

유우는 3호 프레임의 망원 카메라를 기동시켰다.

"그 마법사, 손을 떼지 못하나 봐."

"그래. 《둠즈데이 북》을 다른 일을 하면서 막아낼 순 없을 테니까. 이때를 틈타 물러나는 게 좋을 것 같군."

뇌격을 막아내는 마법으로 보호받는 수정궁.

그 위를 덮어쓰는 형태로 뜬 확대창 속.

스카르샹스가 분노를 드러낸 표정으로 이쪽을 노려보고 있었다.

유우의 시선을 알아챈 모양이었다. 하지만 소녀의 입술은 끊임없이 움직이며 무언가를 중얼거리고 있었다. 주문 영창인 듯했다. 강도 A급 마법을 순식간에 여러 개씩 구사하는 강자라고 해도 이런 수단이 필요할 때도 있다.

"으……. 성을 지키는 마법, 강도가 SS라는데……."

처음 보는 표기에 유우의 정신이 어질어질해졌다.

팔 부분의 장갑을 잃었고 아인도 함께 있다. 슬슬 물러날 때다. 이미 좌표 확인을 마친 수상조계를 향해 비행을 개시했다.

성해포가 유사 촉수가 되어 아인의 몸을 받쳐주었다.

나노 장갑의 파워 어시스트를 잃은 유우의 마른 팔만으로는 가볍다고는 해도 사람 한 명을 안아 들 수 없기 때문이다──.

"어……?"

"이런, 유우. 아수라의 출력이 떨어지고 있다!"

신 칸사이만의 상공을 날아가던 도중 고도가 점점 내려가기 시작했다.

푸른 바다와 가까워지고 있다. 아인의 경고를 듣고 유우는 당황했다.

"뭐, 뭐가 원인이지? 힘을 너무 많이 썼나?"

"그것도 있을 테지. 《둠즈데이 북》을 두 번이나 사용한데다 마법을 수도 없이 소거했으니까. 그리고 이쥬인의 충고를 잊었나?!"

"──앗."

3호를 장시간 장착하진 마라.

10분, 20분이라면 괜찮을 것 같지만 몇 시간씩 장착하는 건 아마…… 위험할 거야.

친구의 말을 떠올린 유우는 바로 장착 시간을 확인했다. '39분 22초'. 그리 장시간이라는 느낌은 없지만, 확실히 아인의 지적대로 무리하기도 했다!

그리고 다음 순간.

"어라……. 혹시 나도—— 위험한 거야?"

"유우! 정신 차려라, 유우!"

강렬한 현기증이 밀려든 것만이 아니라 의식이 멀어져갔다.

이치노세 유우는 두 팔이 없는 3호 프레임을 입고 아인을 안은 상태로 바다에 추락했다.

여기가 오사카만인지, 와카야마만에 들어갔는지조차 알지 못한 채——.

6

"흐음. 아름다운 용사의 활약에서 일변하여 갑작스러운 실태라니."

흥미진진하다는 듯 중얼거린 이는 회오리바람의 콰르달드.

마이즈루시 인근 바다에 진을 친 《포털》의 주인. **회오리바람을 타고** 신 칸사이만 상공까지 몸 하나만 덜렁 날아온 참이었다. 스카르샹스와 미지의 영웅이 대결하는 자리에 입회하기 위해서. 그리고 보았다.

하늘을 달리던 '장착자 3호'와 '옛 왕가의 공주'가 바다에 빠지는 순간을…….

"사정은 모르겠지만, 그자들을 잡을 좋은 기회이기도 하군."

늠름한 미모가 호기심과 충동으로 반짝이고 있다.

쾨르달드는 손에 든 지팡이를 한 번 휘둘러 사역마를 불러내려 했다. 예정하지 않았던 손님을 자신의 성으로 나르기 위해.

변덕이야말로 회오리바람의 본성──.

선택받은 달바 중 한 명, 대마법사 쾨르달드는 비가 갠 하늘 아래를 산책하는 선비처럼 즐거워 보였다.

||||||||||||||

Fantasy has invaded,
Hero come back

이세계,
습 격

프로젝트
리버스

천공장서와 인공위성 아발로

아리야 3호, 4호, 5호 이후는 특징적인 콘셉트의 기체가 많다고 해요. 아리야도 자세한 건 모르지만, 9호 프레임에 대해서는 엄마에게 들었어요.

아인 그래. 천공장서의 수호자 말이지.

유우 천공——그거, 3호를 지원해주는 인공위성에 있는 거지?

이쥬인 어, 적도 상공에 쏘아 올린 군사용 위성 아발로 말이지? 가스펠코드를 보유한 천공장서도 거기에 있다고 해!

아리야 ——의 의미 위성 아발로는 지상의 기지보다 더 중요하고 있으니까요. 그 점검과 방위를 홀로 담당하고 있는 게 장착자 9호. 진공무중력 환경에서의 전투도 상정한 9호 프레임은 아수라 시리즈 중에서도 조금 특별한 포지션이래요.

나노머신 ADAMAS, 반중력 리프터, 프레이어 휠

유우 좋겠다……. 시험해볼 기회가 오지 않으면

아인 제1서는 '진공소멸'이다. 제3서는 '뇌정몰살'이고. 당연히 두 번째도 그보다 못하지 않다고 말해 두지.

유우 둠즈데이 북이었던가? 그러고 보면 나는 아직, '제2서'는 사용한 적 없네.

이쥬인 3호 자체가 마법 비슷한 장비를 사용할 수 있고 말이지…….

아리야 그럴싸한 SF 가제트풍의 이름으로 부르고 있지만, 다들 이세계의 마법으로 만들어진 국보급 레어 아이템입니다. 그래서 지구의 상식이나 과학을 뛰어넘은 성능을 지녔죠.

선택받은 달바의 종족 대마법사＝

아인 적절한 때가 오면 말해주마. 시작하면 길어진다. 언젠가 또

이쥬인 근데 누가 그런 대단한 놈들을 고르는 거야?

아리야 엘프와는 또 다른 요정족 중에서 마왕마왕하게 뛰어난 마법사들만 선발한 초특급 엘리트 군단이라는 모양이에요.

유우 으으. 그거 대마법사들을 말하는 거지?

아인 하지만 최강의 적——선택받은 달바의 종족, 천공의 성을 수호하는 달바의 종족들과 싸울 때는 《둠즈데이 북》이든 뭐든 한 비장의 수단이 될 거다.

Fantasy has invaded,
Hero come back

||||||||||||||

Fantasy has invaded,
Hero come back

이세계,
습 격

프로젝트
리버스

후기

어느 날, MF문고J의 편집자님이 그러셨습니다.

"신 고○라 같은 기획을 해보고 싶어요."

"오. 최근 라노벨 업계에선 유행하지 않을 것 같은 소재네요."

"거기에 트렌드 요소로 이세계를 섞어보는 건 어떨까요? 고○라 대신 이세계의 제국이 침공해오는 거죠——라는 소재를 몇몇 작가님들에게 던졌더니 다들 하기 싫다고 도망치시더라고요."

"네. 완전 귀찮을 것 같은 소재니까 아무도 하고 싶다고 하지 않을걸요."

이렇게 저도 은근슬쩍 도망치려고 했는데요.

하지만 그냥 도망치는 것도 재미없으니, 아무도 하고 싶어 하지 않는 소재에 특이하기 짝이 없는 소재를 합쳐서 받아쳐 보기로 했습니다.

"그럼 무대는 반 정도 침몰한 일본열도로 잡고. 수몰에서 벗어난 히에이 산이나 코야 산에 우라코야(만화 공작왕에 등장하는 진언밀교 승려 집단. 일반 인간들에게는 존재가 알려지지 않았으며, 세상에서 마(魔)를 일소하는 것이 사명.) 같은 밀교 승려와 과학자가 모여서 기계와 주술이 결합된 사이보그 히어로를 탄생시킨다! ⋯⋯같은 매지컬 사이버 펑크 활극은 어때요?"

"그럼 그걸로 가죠."

"이걸로 되는 겁니까?!"

마치 야미나베(참가자들이 각자 비밀로 음식 재료를 가져와 불을 끄고 재료를 집어넣어 복불복을 즐기는 전골 요리.)처럼 온갖 소재가 잡탕으로 들어가 시작한 이번 기획.

몇 번 업데이트를 거쳐 현재의 형태로 안착하고, '반쯤 침몰한 일본열도에 이세계의 몬스터 제국이 침공한다'는 내용으로 간행하게 되었습니다.

황당무계한 시추에이션 속에서 '강화 수트를 입은 히어로'가 무쌍을 찍는 판타지색 짙은 이야기를 전해드릴, 생각이었는데요.

신형 전염병이 전 세계에 팬데믹을 일으킨 요즘 정세와 묘하게 싱크로하는 부분이 없는 것도 아닌 픽션이 되어버렸습니다.

이런 시국이지만 이 작품이 조금이라도 여러분의 위안이 되길 기원합니다.

아무튼 새 시리즈의 개막이 되는 제1권.

이어지는 2권 원고는 이미 준비가 끝났습니다. '이세계, 습격 02'는 다음 달에 발매될 예정입니다.

괜찮으시다면 다음 권에서도 만나 뵐 수 있으면 좋겠습니다.

NEXT

Fantasy has invaded, Hero come ba

"처음 만나는군,
전사여!"

"아수라를 걸치는 게 싫은가? 유우.

"봐라, 유우. 이것이 《하늘의 영역》이다."

"오오오!
엘프들이
잔뜩 있어!"

"잘 왔다, 너희들.
그리고 내 여동생의
외동딸, 아리야."

"3호!
3호!
살아있는 거였군요?!"

"저에겐 그런 건, 어려워요."

"들었어?
장착자 3호가 나타났대!"

"그 녀석은——3호는 중요할 때,
일본이 가장 위험에 처했을
사라져서 우리를 버렸다고……."

"잠깐. 잠깐 기다려!
내 이야기를 들어줘,
미즈키!"

JOE TAKED

이세계, 습격
02

타케즈키 조 [ILLUST.] 시 라 비

ISEKAI, SHURAI Vol.1 PROJECT·REVERSE

ⒸJoe Takeduki 2020

First published in Japan in 2020 by KADOKAWA CORPORATION, Tokyo.
Korean translation rights arranged with KADOKAWA CORPORATION, Tokyo.

[이세계, 습격] 1

2021년 11월 1일 1판 1쇄 발행

저자 타케즈키 조
일러스트 시라비
옮긴이 현노을
발행인 유재옥
본부장 조병권
담당편집 박치우
편집1팀 이준환, 박소연
편집2팀 정영길, 조찬희, 박치우, 조현진
편집3팀 오준영, 곽혜민, 김혜주
미술 김보라, 서정원
라이츠담당 한주원, 이다정
디지털 박상섭, 이성호, 최서윤, 김지연
발행처 ㈜소미미디어
제작처 코리아피앤피
등록 제2015-000008호
주소 서울시 마포구 토정로 222, 403호 (신수동, 한국출판콘텐츠센터)
판매 ㈜소미미디어
마케팅 한민지
경영지원 최정연
전화 편집부 (070)4164-3962, 3963 **기획실** (02)567-3388
판매 및 마케팅 (070)4165-6888 **Fax** (02)322-7665

ISBN 979-11-6611-730-5 (04830)
ISBN 979-11-6611-729-9 (세트)